JN158035

JIRO AKAGAWA
MYSTERY BOX
ミステリーの小箱
赤川次郎
洪水の前
自由の物語

もくじ

愛しい友へ……　5
終夜運転　73
日の丸あげて　125
洪水の前　205
解説　社会を見つめなおすミステリー　山前譲　248

カバー・本文イラスト　456
デザイン　西村弘美

愛しい友へ……

1

始業のベルが鳴ると、折原和子はハッとして顔を上げた。

授業だわ。――行かなくては。

椅子をガタつかせて、立ち上ると、折原和子は職員室の中を見回した。ベルを聞いても、一向に立ち上ろうとしない先生もいる。

あわてて行くこともないさ、と言いたげに、新聞を広げて読んでいる者も。

しかし、和子は、そんな先生たちに、苦情を言う気にはなれなかった。単に同僚だから、という立場で気をつかっているのではない。自分もまた、こうして立ち上り、教室へと足を運ぶのに、大変な努力が必要だからだ。

和子は出席簿をかかえると、職員室を出た。立てつけが悪くなっていて、戸がうまく開かない。でも、もう誰も修理しようともしないだろう。

廊下を歩いて行くと、古い床板があちこちできしんだ。——今どき、どこを捜したって見当らないような木造校舎である。

折原和子は二十八歳。大学を出て、すぐにこの学校へ、英語の教師としてやって来た。だから、和子が来た時から、もうこの校舎は「時代もの」だったわけで、モダンな造りのキャンパスで学んでいた和子は面食らったものだが、しかし、和子はこの木造校舎が気に入っていた。コンクリートの、固い壁の中とは違ったぬくもりが、この板で包まれた空間には、あったのである。

各教室から洩れて来る、元気のいい生徒たちのおしゃべりやら追いかけっこのドタバタという足音に混って、この床板のきしむ音も、何とも調子外れな伴奏のように耳に響いたものだ。時には、生徒が飛びはねた拍子に、床板が抜けてしまうことさえあった……。

でも——今は——。

何て、静かなこと……。廊下には、和子自身の足音だけが、いやに大きく響いている。

各教室からは、かすかに話し声も聞こえては来るが、誰しもが押えた声で、重苦しいため息ばかりをついているかのようだった。

重苦しいことは、和子の足取りも同じだ。教室へ入って行くのが、怖いようだった。

でも——やめるわけにはいかないのだ。生徒が一人でもいる限り、私はここの教師なのだから。

和子は、自分が教えるクラスの扉の前に来て足を止めると、大きく一つ深呼吸をして、精一杯笑顔を作り、扉をガラッと開けた。

「——おはよう！」

と、明るい声で言って、「どう？　みんな元気？」

教壇に上って、教室の中を見渡す。

「はい、ちゃんとけじめをつけましょうね」

ガタガタと椅子が鳴って、みんなが立ち上る。

「おはようございます」

みんな、精一杯、元気な声を出しているのだ。でも――たった十一人しかいないのでは、限度がある。

「はい、座って。――この前はチャプター8の真中で終ったのね」

和子は、教科書を開いてから、「そうだわ、誰か欠席はいる？」

「いません」

と、一人が答えた。

そう。――訊くまでもない。一人でも欠けていれば、すぐに分るのだから。

「じゃ……野口さん、この前の続きを読んで」

と、和子は言った……。

たった半年。――半年の間に、三十六人いたクラスの、三分の二がいなくなってしまったのだ。まるで、今でも悪い夢を見ているようだった。

しかし、夢でも何でもない。この町を襲った、突然の「災難」は。

この小さな田舎町は、三十年来、ある大企業の工場で成り立っていた。町の住人の内、半分以上が、その工場か、その下請けの企業で働き、残りの町民もまた、その労働者のためのサービス業や、商店で生活していた。

いわゆる「企業城下町」というわけである。

六年前、和子がこの高校へやって来た時には、まだ町は充分に活気があり、この高校の卒業生も、大部分がこの町の工場に就職するのが通例であった。父と息子、二代にわたって、工場で働く者も少なくなかったし、女子も、工員としてかなりの数が働いていた。

町を出る者は少なく、この高校で、仲の良かった男の子と女の子が、工場で何年か共働きした後、結婚するというケースがいくつもあって、生徒たちはそれを、「定期バス」と呼んでいた。

「あの二人、〈定期バス〉ね」

という具合に。

町の暮しは、東京から来た和子などから見れば、変化や刺激に乏しくて、退屈だったが、それも慣れれば、ある穏やかな満足感につながっている。人々は「若い先生」に親切で、一度風邪で寝込んだ時など、生徒の母親たちが交替で食事を作りに来てくれたものだ。

和子はこの町が好きだった。いつまでも、都会の毒に染らないでいてほしい、と願っていた。

それが――突然の「工場閉鎖」。

大企業にとっては、人件費を削ることが何よりの節約なのだ。東南アジアに、安い労働力による工場を作って、この町の工場を閉鎖する。

その計画は、町の誰にも知らされていなかった。――突然の通告。三段階での解雇。

そして、再就職の口は少なかった。もちろん、この町には、働き口など見付けられない。

町は揺れた。――組合の代表は東京の本社へ抗議に行ったが、部長にも会わせてもらえずに帰って来た……。

工場の完全閉鎖まで、あと二か月。二か月ほど前から、町の人々は、東京や他の都会へ仕事の口を求めて、あるいは遠い親類や知人を頼りに、町を出て行き始めた。

一人が出て行くと、後は雪崩を打つように次々と続いて行く。——当然のことながら、この学校の生徒たちも、親と共に、この町を出て行かなくてはならなかった。

毎日のように送別会が開かれ、その度に生徒たちは泣いた。そして今……もう十一人しか、この教室には残っていない。

出られる人たちはほとんど出てしまって、今は、町の人たちの「流出」も一段落していたが、それは落ちついていることを意味しはしない。むしろ、今残っているのは、どこにも行き場のない人たちであり、二か月の後には、職を失う人たちと、その家族である。

高校生ともなれば、親の置かれた立場も当然分っている。学校全体が、どこか重苦しい空気に包まれているのも、当然のことだったろう。

「——はい、そこまで」

と、折原和子は言った。「誰に訳してもらおうかな。——三屋さん。典子さん、訳せる？」

三屋典子は、教科書を開いてはいたものの、和子の声が全く耳に入らない様子だった。

「典子さん、どうしたの？」

和子が重ねて訊くと、三屋典子はハッと目が覚めたように、

「すみません」

と、頬を染めた。「どこですか、先生？」

和子は別に怒りもしなかった。三屋典子は、至って真面目な生徒である。こんな時に、あれこれ考え込んでしまっていても、むしろ当然というものだろう。

典子は、立ち上って、言われた箇所を訳し始めた。——口調もしっかりしている。あの古くさい丸ぶちのメガネを、もっと可愛いのにかえたら、もう少し垢抜けて見えるわね、きっと、と和子は思った。

三屋典子は、丸顔で、体つきも全体にふっくらとした、いかにも丈夫そうな女の子

である。内気で、クラスの男の子から、よくからかいの的にされるが、何を言われても、おっとりと笑っていて、怒らない。

母親が長く病気で寝込んでいるので、弟と妹をかかえて、家事をしなくてはならない立場だったが、少しもそんな苦労のかげを感じさせなかった。

しかし、今、三屋典子の家は、よそにも増して大変なはずだ。——典子の父親は、閉鎖される工場の組合委員長で、会社との交渉の先頭に立つ身である。

勝目のない闘いの指揮者ほど、辛いものはないだろう。しかも、自分の身のふり方は、他の全員が決ってからでなければ、考えられない。——生活そのものも楽ではあるまいが、おそらく、先行きの不安も小さくはないはずだった……。

「公園には、沢山の——大勢の人が集まって——」

と訳していた三屋典子の言葉が途切れた。

和子は、ゆっくりと机の間を歩きながら、

「——集まって……。何をしてたのかな？」

和子は、三屋典子の方を見た。「典子さん？」
突然、三屋典子がその場に崩れるように倒れた。椅子が引っくり返り、メガネが飛ぶほどの勢いだった。
「典子さん！」
教科書を投げ出して、和子は典子の方へと駆け寄った。
「神田さん、この本、捜して来てくれる？」
クラスで、一緒に図書委員をやっている子に言われて、神田あゆみは、
「はい」
と、すぐにカードを受け取っていた。
「急いでね」
「はい」
神田あゆみは、図書係の席から出て、図書館の奥の書庫へと入って行った。どこと

なく埃っぽい匂い。本が壁そのもののように立ちはだかっている。

あゆみにはよく分っていた。自分の方へ回されて来るのは、めったに書架から取り出されることのない本ばかりなのだ。

つまり、そういう本を捜し出して、取って来ると、「手が汚れる」ので、みんないやがるのである。だから、

「あの転校生へ回しちゃおうよ」

ということになる。

でも、あゆみは、いやがらずに引き受けていた。転校して来て早々に、図書委員という仕事をやらされて、疲れもしたけれど、それで早くクラスの中に溶け込めるかもしれない、と思ったのだ。

何といっても、あゆみはあの田舎町から、一歩も出たことがなかったのだ。それが突然東京の私立学校へやって来た。つい、過敏なほどに気をつかっても、仕方ない。

「ええと……」

古いカードは、整理法が違っているので、見付けるのに手間どった。「上の棚かしら……」

この私立の女子校は、小学校から大学まであって、図書館も立派である。——前の町で通っていた高校の、教室一つ分もないくらいの図書室しか知らなかったあゆみは、迷子になりそうなほど広いこの図書館に初めて入った時、呆然としてしまったものだ。

あゆみは、スチールの階段を上って行った。——書庫が二階建になっているのだ。

初めの内は、カードを渡されても、どの辺を捜せばいいものやら見当もつかなかった。しかし、一か月たって、週に三回、当番で本の出し入れをしている内に、およその配置や並べ方が頭に入って来ていた。

「ここだ」

あゆみは、天井近くの高い棚に、捜していた本を見付けて、棚に取り付けてあるはしごを引張って来た。

本を取り出し、カードと照し合せる。——間違いない。大丈夫だわ。

はしごを下りて……。あゆみは、棚の間の狭い通路の奥の方に、誰かが立っているのに気付いて、ドキッとした。こんな所に、人がいることなんて、めったにない。

そこは、上の電球が一つ切れてしまって、薄暗くなっていたのだが、立っているのが、やや重たそうなセーラー服の女の子だということが分った。

奇妙だった。この女子校の制服は、可愛いモスグリーンのブレザーとネクタイである。あんな野暮ったい感じのセーラー服を着てる子なんていないのに……。

しかし、もっと驚いたことがある。そのセーラー服に、あゆみは見覚えがあった。似ている。あの町で、あゆみが通っていた高校の制服と、そっくりだ……。

「誰？」

と、あゆみは声をかけていた。

すると——その女の子が静かに明るい方へ進み出て来たのだ。まだあゆみとは大分離れていたが、丸ぶちのメガネをかけた、ふっくらした丸顔、そしてあゆみを見つめている、どこか切なげな眼差し。

「――典子！」
あゆみは、目を疑った。「典子じゃないの！」
三屋典子だ。あの高校で一番あゆみと仲良くしていた子である。
「驚いた！　どうしてこんな所に？」
あゆみの問いに、典子は答えず、ちょっと不思議な笑みを浮かべただけだった。
あゆみが近寄ろうとすると、下から、
「神田さん！　急いでね」
と、呼ぶ声がした。
「はい！　今、行きます」
あゆみはそう答えて、「典子、ちょっと待っててね。これ、置いて来るから。ね？」
と、急いで階段を下りる。
本をカウンターへ出し、
「手を洗って来ます」

と、言っておいて、あゆみは、書庫へと駆け戻った。
二階へ上り、
「典子。――典子。どこ？」
息を弾ませて、元の場所へやって来たが、三屋典子の姿は見えなかった。
「典子。――どこにいるの？」
あゆみは、書架の間を覗いて行った。いくら広いといっても、限度があるし、それに、書庫の出入口は一つだけだ。典子がここから出ていないことは確かだった。
しかし――結局、典子の姿はどこにも見当らなかったのである。

2

「わざわざ、ありがとうございました」
三屋典子の母親は、何度も和子に頭を下げた。和子の方が恐縮して、

「どうぞ、起きてらっしゃらないで下さい。どうってことじゃないんですから」
と、押し止めなければ、表まで送りに出て来ただろう。
和子は、典子に、
「じゃ、寝不足にならないように、気を付けてね」
と、声をかけて、典子の家を出た。
典子は、意識を失って、じきに目を覚ましたので、しばらく保健室で横にさせておいたのだが、心配で帰りには和子がついて、送って来たのである。
典子自身は、もうすっかり元気そうだったが……。ただ、いつもの典子と、どこか違っている風で、和子には何となく気にかかった。どこが、どう違うのか、和子にもはっきりは分っていなかったのだが。
——典子の住む社宅を出ると、和子は町の目抜き通りを抜けて、自分のアパートへと歩いて行った。
黄昏時の、かげの中に浸った道を歩いて行くと、町の灯が一つ一つ消えて行く侘しさが、一段と身にしみた。雨戸を閉め、住む人を失った家の何と多いことだろう。そして、人がいなくなった家の、何と荒れ果てるのが早いことか……。

つい、二週間ほど前に町を出て行った一家——和子の教え子の一人だったが——の家は、花が好きで、ベランダや軒先、窓辺に、いつも四季それぞれの鉢植えの花が、色彩豊かに咲いていたものだ。

和子はいつも、その家の前を通るのが楽しみだった。一つ一つの花の開き具合を、町の人たちはみんな毎日確かめていた。

しかし——突然の東京行きに、何十という鉢を持ってはいけない。近所の人たちに配ったりもしたが、もらう方でも、いつまで咲かせておけるか分らないのだ。

結局、半分以上の鉢はそのまま、放置されて、アッという間に枯れてしまった。

今、その軒先や窓辺には、茶色くしなびた死んだ花たちの鉢が並んで、あたかもこの町を象徴しているかのように、和子には見えたのだった。

越して行った東京から、その娘が手紙を寄こしたが、家族五人、狭いアパート住いで、植木鉢一つ、置く場所もありません、と寂しげに書いていた……。

和子は、時折すれ違う人と、無言で会釈を交わしながら、一体、企業というのは何なのだろう、と考えていた。人が企業を作り、動かし、成長させて来たはずなのに、「人」のために、企業は何をしただろう？

親友たちを引き裂き、幼ななじみを北へ南へ追いやって、何の痛みも感じないのが、企業というものなのか……。

重苦しい気分で、和子は自分一人分の夕食のおかずを買い、アパートへと帰った。

アパートへ入って、明りをつけると、電話が鳴り出した。急いで出てみると、

「あ、折原先生？」

と、女の子の声が飛び出して来た。

「ええ。——あ、ちょっと待ってよ」

と、和子は、わざと考え込むふりをして、「ええと……誰かな？」

「どうせ、忘れちゃったんでしょ」
和子は、フフ、と笑って、
「そうね。神田あゆみなんて子がいたような気もするけど」
と、言った。
「あ、憶えててくれた」
「当り前でしょ。どう？　元気でやってるの？」
「はい、やっと学校も慣れて来て」
あゆみは、もともとしっかりした娘だった。
「女子校だったわね、あなたは」
「そうです。あの――先生、ちょっとお話が……」
「なあに？　こっちからかけ直そうか」
「いえ、大丈夫です」
と、あゆみは言った。「あの――典子のことなんですけど」

「三屋さん？」
「ええ。典子の家、町を出たんですか」
和子は、ちょっと戸惑った。
「いいえ。ちゃんとみんなまだいるわよ。どうして？」
「今日、典子、学校を休んでませんでしたか？」
「休んではいないわ。ただ――ちょっと授業中に、失神してね」
「え？」
「別に大したことなかったの。今、一応念のために、家まで送って来たのよ。でも、どうして？」
――あゆみはしばらく何も言わなかったが、
「先生……。これ、冗談でも何でもないんです。聞いて」
と、少し重苦しい声で言った。「今日、典子を見たんです」
和子は、座り直した。あゆみは妙な作り話をする子ではない。

しかし、あゆみの話を聞いても、和子は混乱するばかりだった。
「じゃ、確かに、三屋さんだったのね？」
「間違いありません。だって、万一、よく似た子がいたとしても、そっちの制服を着てるはずがないでしょ？」
あゆみの言うことも、もっともだった。しかし――そんなことがあり得るのだろうか。
「私が幻を見たのかもしれませんけど、でも何だか心配なんです。典子の身に何かあったら、と思って」
あゆみと典子は、たぶんあの学校の中でも、姉妹のように仲良くしていたという点で、一番だった。和子は、あゆみが転校して行ってしまうと決った日、典子の目の下に濃いくまができて、おそらく、一睡もしていなかったのだろう、と痛々しい思いで見ていたものだった。
「別にその――典子さんらしい子と、話はしなかったのね」
「ええ、そのひまがなくて」

と、あゆみは言った。「私、こっちへきてから、まだ典子に一回しか手紙も出してないんです。新しい学校で、色々忙しくて――」
「分るわ。でも、典子さん、しっかりやってるから、大丈夫よ」
「今度、手紙出します」
「そうね。そうしてあげて」
「すみません、変な話で」
「いいえ、嬉しかったわ、声が聞けて」
少し間があって、あゆみが言った。
「学校――ずいぶん減ったんですか」
「そうね。あなたのいたクラスは十一人になったわ」
「今いるのが十一人？」
「そう。――来週、島田さんが転校して行くから、十人ね」
「寂しいですね」

「でも、どうにもならないことだし。——あなたたちは、新しい場所で、精一杯やってくれればいいのよ」

「はい」

あゆみは、しっかりした声で答えると、「じゃ、先生……」

切りたくないようでもあったが、長電話をしたら、料金もかさむ。和子は、自分の方から電話を切った。

あゆみの前に現われた、典子とそっくりの女の子。——そんなことが、現実に起るだろうか？

いや、きっと——あゆみも、典子のことを気にしていて、そのせいで、少し似たところのある子を、典子と思ったのだろう。それがたぶん、一番可能性のある説明だ。

「——さて、夕ご飯にしましょ」

和子は自分へ言い聞かせるように、口に出して言うと、まずカーテンを閉め、着替えることにした。

あゆみは、電話を切って、しばらくは受話器に手をのせたままにしていた。
まるで、電話線を伝って、あの町の空気が、風景や物音が、届いて来る、とでもいうように。
先生……。折原和子の声を聞いた時、あゆみは、キュッと胸をしめつけられるような気がした。懐しい。——あの暖かさは、今の「名門校」のどこを捜しても、見当らないものだった……。
居間へ入って、あゆみは驚いた。
「お父さん！　帰ってたの？」
神田吉造は、ソファに背広姿のままで、座り込んでいた。あゆみが入って来たのにも気付かない様子で、ぼんやりと宙を眺めていたが……。
「——誰に電話してたんだ？」
と、ゆっくりあゆみの方へ顔を向けた。

「うん。――折原先生。ほら、あの高校の」
「若い女の先生か」
神田吉造は、無表情な声で、「何の用だ？」
「別に……。ちょっと声が聞きたくなったの」
あゆみは、そう言っておいた。「お母さん、手伝って来る」
台所の方へ行こうとすると、
「あゆみ」
と、神田吉造が言った。「あの町の人に、あんまり連絡するんじゃない」
あゆみは、戸惑った。前にもそう言われたことがある。
「どうして？　友だちだって、まだいるんだし、構わないじゃない」
素直に「はい」と言わないのは、いつものことだ。それに、父がなぜそんなことを言うのか、あゆみには分らなかった。
「いかんと言ってるんだ！」

突然、神田は大声を出した。あゆみは青ざめて、立ちつくしている。
「何なの、大声出して」
と、母の百合子が、台所から飛んで来た。「——あゆみ、何かしたの？」
「どうして私に訊くの？」
あゆみは言い返した。「怒鳴ったのはお父さんよ。お父さんに訊けば？」
あゆみは、居間を飛び出すと、階段を駆け上って行った。
百合子は、少し心配そうに、娘の部屋のある二階の方をうかがって、
「あなた、どうしたの？」
と、訊いた。
「何でもない」
神田は、怒鳴ったことを悔んで、自分に腹を立てているといった様子だ。
「苛々してるのね。——少しお休みでも取ったら？」
神田は黙って首を振った。その額には、かつて百合子が見たことのない、深い、暗

い悩みが刻み込まれているようだった。
「あなた――」
「忙しいんだ。少し疲れてるだけさ」
神田は、とても本音とは聞こえない言い方で、「だから早く帰って来ただろう?」
「ええ。ご飯にしますから、すぐ。早くお風呂へ入って寝るといいわ」
「ああ。そうしよう」
神田はソファから立ち上ると、一瞬、ふらっとよろけた。百合子がびっくりして、
「あなた!」
「いや――何でもない」
神田は、頭を振って、「もう若くないんだ。それだけさ」
と、笑って見せ、居間を出た。
二階へ上ると、寝室の方へ行きかけて、足を止め、あゆみの部屋のドアを開けようとして、ためらった。

「あゆみ……」
と、ドア越しに、声をかける。「怒鳴って悪かったな。——疲れてたんだ。それにな、お前も、新しい学校や友だちに早く慣れた方がいいと思ったし……。そのためには、あの町のことは忘れた方がいい。そう思ったんだよ……」
返事はなかった。神田は、少しドアの前で立っていたが、
「——別にお前のすることに文句を言ってるわけじゃないんだ。分ってくれ」
と、言った。
すると、
「何しゃべってんの、一人で？」
振り向くと、あゆみがキョトンとして立っている。
「あゆみ、お前……。中にいたんじゃないのか」
「トイレに行ってたのよ」
「そうか。俺は……。いや、何でもないんだ！」

神田は真赤になった。それを見て、あゆみはふき出してしまった。
「笑うな。人が真面目に話してたのに……」
「分ってるわ。お父さん、少し髪が白くなったよ」
そう言うと、あゆみは、「お母さん、手伝って来る」
と、階段を下りて行った。
神田は少しホッとした気分で、下の方から、
「お母さん、何か手伝うよ」
と聞こえて来るあゆみの声に耳を傾け、それから寝室へと入って行った。

3

「三屋さん。——三屋さん」
和子は、少し不安な気持で、くり返して呼んだ。

典子は、この間倒れた時のように、少しぼんやりとして、校庭を眺めていたからである。

しかし、今は授業中ではなく、昼休みだった。典子は、お弁当を食べる様子もなく、黙って窓から表を見ていたのだ。外は、冷たい雨だった。

「あ、先生。すみません」

と、典子は振り向いた。「何か……」

「そうじゃないの。ただ――お昼、食べてないみたいだから」

「あ。ええ。いいんです。今朝、ちょっと忙しくて、作る暇がなくて」

「体に悪いわよ」

と、和子は言った。「おそばを取ってあるの。一緒に食べましょ」

「でも……先生のじゃないんですか」

「私、一つで充分。二つ取ったのよ。さ、来て」

典子も、それ以上は断らなかった。

和子と典子は、職員室で、隣同士、向い合って、あたたかいおそばを食べることになった。

「職員室も、寂しくなったんですね」

と、典子が言った。

「そうね、先生方も、家族があるわけだし」

と、和子は肯いた。「でも、私はしつこく居座るわ。独りだし、気楽だもん」

典子はちょっと笑った。——そして、

「また、誰かやめるんですか」

と言った。

和子は少しためらったが、

「ええ。安藤君がね。来週一杯ですって」

「じゃあ、クラス、九人になっちゃうのか」

典子は、息をついて、「この町も、なくなっちゃうのかなあ」

「そうね。――無責任なことは言えないけど、そんなことにしたくない、とは思ってるわ、私」
「私もです。誰だって、自分の生れて育った町が、消えてなくなるのなんて、いやですよね」
典子は、おそばをきれいに食べ終ると、「先生、このお代――」
「何言ってんの。先生に恥をかかせないでよ」
「すみません。じゃ……」
ペコンと、典子は頭を下げて、「――ゆうべ、父が帰らなくって」
「まあ」
「今朝になって、やっと帰って来たんです。母も、ゆうべまんじりともしなかったみたいで……。それで、お弁当どころじゃなかったんです。弟と妹、学校へ出すのがやっとで」
「あなたは？　寝たの？」

「少し。——うたた寝してました」
「体に悪いわ」
と、和子は首を振って、「きつかったら、早退してもいいわよ」
「いえ、大丈夫です」
と、典子は少しはにかむような笑みを浮かべて言った。「帰ったら、却って父が起きちゃいます。狭い家だから」
典子の、父親への気のつかい方に、和子は胸の痛むのを覚えた。
「お父さん、大変ね。まだ組合のお仕事が？」
「ええ。就職口を見付けてくれ、と毎日、会社の上の人にかけ合ってるみたいですけど。——ゆうべは、役員の話し合いが、もめたみたいで」
「そう」
「みんな、自分のことが不安でしょ。家族もいるし、当然ですよね。だから、組合のことばかりやってて、自分が働き口を見付けられなくなる、って……。でも、父は、あくまで再就職の口は、会社が捜して来るべきだ、と言って、自分じゃ捜していないんです」

確かに、委員長としては、そうせざるを得ないだろう。いや、典子の父は、そういう「筋を通す」ことにこだわるタイプなのだ。

「もっと利口な人なら、さっさと辞めて、次の仕事、見付けてるんでしょうけど」

と典子は言った。「結局、組合の他の人たちと口喧嘩になって、明け方近くまでやり合ってたらしいです」

やり合って、こうすればいい、という結論が出るのならともかく、結局は虚しい討論の空回りに終ってしまうのだ。神経のすり減る仕事である。

「お父さんをいたわってあげるのね」

と、和子は言った。

「あ、昨日、あゆみから手紙、来ました」

と、典子が思い出したように言った。「先生、私がこの間倒れたことを——」

「ああ、ちょうどあの日にね、あゆみさんから電話がかかったの。それで、つい……」
「心配させちゃったみたい。今日返事書こうと思ってます」
「そうしてあげて。——みんなばらばらになっても、せめて、連絡ぐらいは取れるようにしておきたいものね」
「そうですね……」
と、典子は、何となくもの思いに沈むように言った……。
「そうだわ。あゆみさんの手紙に、書いてあった？　あなたとよく似た女の子のこと」
「え？」
「じゃ、書かなかったのね。あなたが倒れた日にね、あゆみさん、学校であなたとそっくりの女の子を見たんですって。それでびっくりして」
典子の頬がサッと紅潮した。
「それ——本当ですか？」
と、身をのり出す。

「ええ。着てる制服も、ここのとそっくりだった、って。あゆみさんも、あなたのことが忘れられないでいるのよ」

しかし、典子は、和子の言葉が耳に入らない様子で、ひどくそわそわしながら、

「あの——どうもごちそうさま」

と、立ち上ると、一礼して、職員室から出て行ってしまった。

和子は、ちょっと面食らったが、まあ大分典子も元気になったようだ、と肯いて、ホッとした。——また倒れるようなことにはなってほしくなかった。

机の電話が鳴る。和子は、お茶を一口飲んでから、受話器を取り上げた。

「——はい、折原です。——あ、どうも。——え?」

和子の表情が凍りついた。

「あゆみじゃない」

と、声がした。

文庫本から目を上げて見ると、髪を赤く染めた少女が、テーブルのわきに立っている。
「――分んないの？」
と、その少女はクックッと笑った。
「茂子？」
「そうよ。――どう、この頭？」
あゆみは、すっかり呆気にとられていた。あの町で、同窓だった子である。増田茂子。
しかし、今、目の前に立っているのは、全くの別人だった。
「一人なの？」
と、増田茂子は訊いた。
「友だちと待ち合せてるの」
と、あゆみは言った。「でも、早く着いちゃったから……。座らない？」
「じゃ、ちょっと」
ブレザーの制服らしいものは着ているが、スカートはほとんど足首まで届くほど長い。首には幾重にも安物のネックレスが下っている。
「茂子――お父さん、大阪に行くって、言ってなかった？」
「行ったわよ。でも、使いもんになんなくてさ。うちの親父、ずっと同じ仕事ばっかりだったじゃない。つぶしがきかないんだね」
茂子はタバコを出して、マッチで火をつけると、「――あんたも一本やる？」
「結構よ」
と、あゆみは首を振った。「じゃ、今は東京に？」
「うん。その日暮しよ。仕事のある日は出てって、ない日はゴロゴロしてる。私も、学校なんて馬鹿らしくってさ。新宿歩いてる時、面白い連中に誘われたんだ」
「茂子……」
「あゆみは、ずいぶんいい格好してるね。お宅、真先に次の仕事が決った口だもんな。やっぱり、インテリだからね、あんたのお父さん」
「そんなことないわ。ただ――運が良かっただけ」

と、あゆみは低い声で言った。
「そうね。運のいい奴、悪い奴、色々だよね」
と、茂子はタバコをふかして、「首を吊っちゃう奴もいるし」
あゆみは、当惑して、
「何の話？」
と、訊いた。「あの町のこと？」
「知らないの？　首を吊って死んだのよ。新聞にも出たわ」
「首を……。誰が？」
「三屋さんって、ほら、あんた仲良かったじゃない。あの子の親父さんよ」
あゆみは、言葉もなかった。
「――組合の委員長だったから、苦しい立場だったんじゃない？」
と、茂子は首を振って、「お袋さんも、具合悪かったしね。大変だろうね、さぞかし」
「そうでしょうね……」

と、あゆみは言った。

典子……。今、どんな思いでいるだろうか？

増田茂子はコーラを一杯飲むと、

「ごちそうになるわね。お金ありそうだからさ、あゆみ」

と、立ち上って、「じゃ、またね」

タバコを灰皿へ押し潰して、出て行く。

あゆみは、一人になると、体が震え出しそうになるのを、必死でこらえなくてはならなかった。——典子の家にも、年中遊びに行っていて、無愛想だが、とても器用で、何でも簡単に作ってくれた、典子の父にも、よく会っていたのだ。

あの人が首を吊って死んだ……。何てことだろう！

典子は大丈夫だろうか？　おそらく、母親と、弟、妹をかかえて途方にくれているに違いない典子のことを思って、あゆみは胸が痛んだ。しかし、あゆみにはどうしてやることもできない。

いくら友だちでも、遠く離れてしまったら、手紙で慰めるぐらいしか、やれることはないのだ。しかし――増田茂子の変りようも、あゆみには大きなショックだった。といって、子供だけを責めてすむだろうか。

あゆみは、ぼんやりと表の通りをガラス越しに眺めていた。――休日の原宿。中学生と、高校生ぐらいの女の子たちが、五人、六人とグループを作って、通りすぎて行く。屈託なく笑い、はしゃぎ、飛びはねている女の子たち。――あゆみは、あの子たちと同じ世代なのに、どうしても、あんな風にはしゃぐことのできない自分を、感じていた。

いや、おそらく、あの町から、否応なく出て来ざるを得なかった子たち、みんな、同じ思いに違いない……。

ふと、あゆみは目を止めた。――黒っぽい服の女の子が、歩いて来る。顔はよく見えないけれど、その服装は、まるでお葬式にでも出るかのようで、明るい通りには、似つかわしくなかった。

その歩き方に、あゆみは何となく見覚えがあるような気がしたのである。でも……。

うつむき加減に歩いて来たその女の子が、あゆみのすぐ目の前を通ろうとして——顔を上げ、あゆみを見た。

——水のコップが落ちて、床で砕けた。

「あゆみ！　大丈夫？」

ハッと振り向くと、待ち合せていた友だちが立っていた。

「あ……」

「ごめんね、遅くなって。——危いよ、コップが割れてるから」

「あ——うん」

あゆみは、立ち上って、表へ目をやった。

もう、黒い服の姿は、見えなくなっていた。——典子の姿は。

おかしい。——あゆみは、新聞を閉じて、考え込んだ。

あゆみは、捜してみたのだ。典子の父が自殺したという記事を。しかし、一週間前まで、全部のページに目を通しても、その記事は見当らなかった。
「何してるの？」
と、母の百合子が居間を覗く。
「お母さん、他に新聞は？」
「それだけよ。——何を捜してるの？」
「こっちの用事」
と、あゆみは言った。「お父さん、まだ帰らないの？」
「今夜は遅くなるって。お風呂、入ったら？」
「後でいい」
「そう？　じゃ、お母さん、先に入るわよ」
「どうぞ」
あゆみは、見終った新聞を、また最近の分から逆に見て行った。
そして——ふと、思い付いた。ページのナンバーだけを手早くチェックして行く。

「これかな」
二日前の分で、一枚抜けているのがある。もちろん、何でもないことかもしれないが、もしかして……。
あゆみは、台所の大きなくずかごを捜してみた。新聞らしいものはない。
二階へ上ったあゆみは、父と母の寝室へ入って行った。隅のくず入れ。——ティッシュペーパーが丸めて捨ててある。その下を引っくり返すと——固くねじった新聞が出て来た。
「——ただいま」
階下で、父の声がした。「いないのか」
あゆみは、その新聞を広げると、手につかんだまま、下へおりて行った。
「——何だ、母さんは？」
居間のソファにぐったりと体を沈めている父が、あゆみの顔を見て、言った。
「お父さん。——これをどうして隠したの？」

あゆみが、新聞をテーブルの上に投げ出す。「三屋さんが自殺したって出てるわ。どうして、捨てたの？」

父の顔が青ざめるのを、あゆみは見逃さなかった。

「どうして、って……。お前が見たら、気にすると思ったんだ」

「お父さんが気にしたんでしょ」

「――どういう意味だ」

父が、じっとこっちを見つめる。――怖がっている。怯えている。

「お父さん……」

あゆみは、ゆっくりとソファに座った。「私、ずっと気にしてた。でも、何でもないことなんだ、と自分へ言い聞かせて……。でも、もうごまかしておけないわ」

「あゆみ――」

「どうして、お父さんだけが、こんなにいい思いをしてるの？　みんな失業同然で、あちこちに散らばって行ったわ。それなのに、うちは東京へ出て来たとたん、こんな新築の家、私は私立の名門女子校。車まで買って……」
「それは――ちゃんとお父さんの能力を、今の会社が評価してくれたんだ」
「でも、できすぎてるわ。工場の閉鎖が決って、真先に次の勤め先が見付かったのは、うちじゃないの」
「それが不満なのか！」
と、神田は怒鳴った。「お前は、俺たちが路頭に迷って、その日暮しをしてもいい、っていうのか！」
「そうしてる人が――いえ、せざるを得ない人が、いくらもいるわ」
と、あゆみは言い返した。「何があったの？　お父さん、話して！　典子は私の一番仲のいい友だちだったわ。その子のお父さんが首を吊ったのよ」
「俺のせいじゃない！」
いきなり神田はパッと立ち上った。「俺が悪いんじゃない！」
「お父さん」

と、言ったのは、あゆみではなかった。
「百合子……」
「お母さん。――お風呂かと思ったわ」
「そう簡単にお湯は入らないわ」
と、百合子は言った。「あゆみ。お父さんを問い詰めないで」
「でも、本当のことを知りたい」
「知ってどうするの？――見当はついてるんでしょう」
「お父さんは……会社のために、協力したのね」
「ああ」
神田は肯いた。「――組合の反対で、もめないように、本社に頼まれて、こっそり組合を分断した。いいポストを約束して、工場閉鎖がすんなり行くよう、説得したんだ」
「そのおかげで、この家が――？」
「確かにそうだ。本社から準備金ももらったし、この家も安く買えるように、はからってくれた」
「そう……」
あゆみは、何も感じなかった。今は、感じる勇気がないのかもしれない。
「あゆみ」
と、百合子が言った。「お父さんを責めないで。私たちのために、と思って、そうしたのよ。それに――お父さんが一番辛い思いをしてるわ」
「お母さん」
あゆみは立ち上り、居間を出ようとして、言った。「典子に、そう言える?」
そして、二階へと駆け上って行った。

4

折原和子は、三屋典子の家の前まで来て、足を止めた。

誰かが、玄関の戸に何か貼っている。
「何してるんですか？」
と、和子が声をかけると、振り向いたのは、工場の課長の一人だった。
「や、こりゃ先生」
と、会釈して、「いつも子供がお世話に」
和子は、貼ってある紙を見て、
「これ……。二週間以内に立ち退けって、どういうことなんですか」
「会社の決りでしてね。もう、うちの社員はいなくなったわけですから。社宅には置いとけないわけです」
「それにしても……。ここには、病気の奥さんと三人の子供しかいないんですよ。二週間で出て行けなんて……」
「規定ですからね、これが」
「だって、どうせ工場がなくなれば、新しい人がここに入るわけないんですから、閉鎖までいたって、構わないじゃありませんか」
「いや……しかし、本社の方では、一応、電気、ガス代とか、補助もしていますから、経費のむだづかいは――」
「分りました」
和子は、大声を出したいのを、何とかこらえていた。「もう行って下さい」
「失礼します……。ま、これが規定ですんでね」
と、言いわけがましく、呟きながら、帰って行く。
和子は、その課長がいなくなると、貼紙をつかんではぎ取り、引き裂いた。――そんなことをしても、この家の人々は救われない。しかし、せめて、そうでもせずにはいられなかったのだ……。
「――ごめん下さい」
と、中へ入って、「奥さん。――典子さん」
と呼んでみる。

誰も返事をしない。夜だし、いないわけがないのに。

昼間の、お葬式の時にはゆっくり話ができなかったので、これからのことなど、典子と話そうと思って、やって来たのである。

「誰かいませんか」

上るのもはばかられて、迷っていると、戸が外からガラッと開いた。

「あら、先生」

近所の奥さんが、典子の弟と妹の手をひいて、立っていた。

「どうも。——その子たちは？」

「悪いけど、夕飯食べさせてやってくれ、って、典子ちゃんが頼みに来て。お葬式の後始末で忙しいっていうんでね」

「そうですか。じゃ、典子さんは……」

「家にはいるはずですけど」

和子は、不安になって、上ってみることにした。

「典子さん。——典子さん」
襖を開け、和子は息をのんだ。典子が倒れている。
「典子さん！」
駆け寄って、和子は典子の胸に耳を押し当てた。——鼓動は確かだった。
「大丈夫だわ。でも……気を失ってる」
和子は、ふと思い当った。この状態は、この前、典子が授業中に突然倒れた時と、よく似ている。
いくら起しても、起きようとしないのだ。
「自然に目を覚ますでしょう」
と、和子は言った。「たぶん——疲れが出て」
「お母ちゃんは？」
と、妹の方が言った。
「そうね。捜してみましょ」

和子は、立ち上って言った。

あゆみは、ベッドに突っ伏して、しばらく泣いた。

しかし、人間、どんなに悲しいことがあっても、永久に泣いているわけにはいかないのだ。

あゆみは、ゆっくりと体を起して、手の甲で目を拭った。

「ハンカチ、いる？」

と、誰かが言った。

いや、あゆみには分っていた。振り向くと、典子が、勉強机の前の椅子に座っていた。

「典子……」

「会いたかった」

と、典子は言った。「凄いね、人間の愛情って」

「典子、あなた……」

あゆみは、もちろん、典子が当り前のやり方でここに来たのでないことは、分っていた。

こんなことがあるものなのか、信じられなかったが、今、目の前にいるのは、確かに典子だった。

「本とか、一杯読んだの」

と、典子は言った。「超能力とか、空間移動とか。でも、結局は、本当にその人のそばにいたいって思いが、どれくらい強いかで決るんですって」

「そう……」

「言ったもんね。二人はいつまでも友だちだって」

「うん、言ったね」

しかし——友だちでいられるのか？　何もかも知ってしまった今となっては。

「お父さんのこと、気の毒だったね」

と、あゆみは言った。

「うん……。でも、もう戻って来ないし」
と、典子は自分へ言い聞かせるように言って、「――あゆみ、凄くきれいになったね。お嬢様って感じ」
「よして」
あゆみは、思わず目をそらした。
「あゆみ……。私のこと、怖いの？」
「いいえ」
「私、幽霊じゃないのよ。いうなれば――魂だわ。自分の一番願ってることを、形にするのよ」
「典子……。でも、もうあのころのことは、終ったんだわ」
「でも、それは大人の都合でしょ。私たちは友だち。ね、そうでしょ」
あゆみは、やっと笑みを浮かべて、
「そうね……。友だちだわ」

と、言った。
その時、ドアの外で、
「あゆみ」
と、父の声がした。
あゆみはハッとした。
「ね、まずいわ、ここにいちゃ」
と、立ち上る。「お父さん、待って！」
ドアを開けて、父が入って来た。

典子は目を開き、そっと頭をもたげた。
暗く、静かな家の中に、すすり泣きの声がしている。もう、父の葬式は終ったのに、誰が泣いてるんだろう？
典子は、ゆっくりと立ち上った。

襖を開けると、
「――先生」
「典子さん！　目が覚めたのね」
和子は、涙を拭って、「やっぱり、前と同じように？」
「びっくりしました？　ごめんなさい。私、あゆみの所へ行ってたんです」
「典子さん……」
「本当なんです。ちゃんと今、あゆみと話もしました」
「典子さん、聞いて」
和子が、典子の肩に手をかけた。「お母さんが……」
「え？」
「弱ってらしたせいもあるんでしょうけど。ご主人が亡くなって、寂しかったのよ」
「母が――お母さん！」
「台所で――待って！」

和子は、必死で、典子を押し止めた。「待って、典子さん！」
「お母さん！」
「包丁で喉を突いて――」
典子は、和子の手を振り切って、台所へと駆け込んで行った。

「誰と話してたって？」
と、神田は言った。
「典子よ。三屋さん」
と、あゆみは言った。「信じないでしょうけど」
「あの三屋の娘が――どうしてこんな所に来るんだ」
神田は、首を振って、「なあ、あゆみ。お前の気持は分る。――しかし、世の中、きれいごとだけじゃ生きて行けないんだ。分るか？」
あゆみは、ベッドに腰をかけて、父の、古くさい話を聞いていた。

「お前には、貧乏させたくない。そう思ったから、お父さんはああして、組合を裏切ったんだ。しかしな、悔んじゃいないぞ。そうだとも。母さんやお前を、暮しのために働かせたりしたら、そっちの方がよほど悔んでいただろうな」

あゆみは、黙っていた。

「——何か言ったらどうだ」

と、父が不安げに言う。

「言ってどうなるの？」

と、あゆみは肩をすくめた。「お父さんは正しいと思ってやったんでしょ。だったら、私がどう思おうと関係ないでしょう。私だって、そのおかげで、こんなきれいな家に住んで、名門校へ通ってるんだから」

「あゆみ。お前は——」

神田は、言いかけて、ギョッと目を見開いた。「——何だ、あれは！」

あゆみは振り向いた。父が見ているものを、あゆみも見た。

「典子！」
典子が、部屋の隅に立っていた。あの黒い服は同じだ。しかし、両手は血で真赤になり、服の上にも、血はこびりついていた。
「どうしたの、典子！」
と、あゆみは叫ぶように言った。
「消えろ！　こんな——こんなことがあるか！」
神田は、真青になって、怒鳴った。「畜生！　こんなのは幻だ！　幻覚だ！」
「お父さん——」
「どけ！」
神田は、手をのばして、椅子をつかんだ。
「何するの！」
あゆみが父の手にしがみつく。
すると、典子が、燃えるような目を神田へ向けて、

「聞いたわよ！」
と、絞り出すような声で言った。「ひどい人！　お父さんを――お母さんも、後を追って死んだのよ！」
「化けもの！　出てけ！」
神田が、椅子を振り上げると、典子の上に振り下ろした。典子が叫び声を上げて、倒れる。
「――典子！」
あゆみは、駆け寄った。
神田は呆然と突っ立っている。――まさか、本当に、そこに人がいるとは思わなかったようだ。
典子は額から血を流し、ぐったりと倒れていたが、あゆみが抱き起すと、目を開いた。
「あゆみ……」
「典子。――しっかりして！　今、救急車を――」

「やめて……。このままじっとしていて」
と、典子は、かすれる声で言った。
「でも——」
「あゆみの腕の中で……死ねるなんて」
「馬鹿言わないで！　そんなに簡単に死にゃしないわ！」
「私、あゆみみたいになりたかった……」
と、典子は言った。「あゆみは……私の理想だったもん……」
「典子——」
「いつも——そばに」
典子の体が、フッと、かき消すようになくなった。そして——カーペットに、赤く血のしみが広がって、その中に、割れたメガネだけが、落ちていたのだ……。
和子は、打ちひしがれて、座っていた。

典子の写真が、じっと自分を見下ろしている。——笑っているのが、却って辛かった。むしろ、にらみつけるか、責め立てるような目で見ていてくれたら、と思った。

町の公民館は、ガランとして、人の姿はなかった。——夜になっていて、もう、典子の弟と妹も、近所の奥さんの家へ戻っていたのである。

ただ一人、和子が、典子の棺の前に、座っていた。

一体何があったのか。母の死のショックで、何かに頭を打ちつけたのか……。誰にも分らなかった。

確かなのは、典子が死んだということだけである。——母親の方が一足早く、遺骨になった。

典子の死体は、一応警察で調べなくてはならなかったのだ。

自分は何をしていたのか。生徒が死ぬとき、そばについていながら、何をしていたのか……。

和子は、涙がこみ上げて来るのを、じっとこらえた。泣いたら卑怯だ。泣いて、逃げてはいけない。
自分がやったこと、やらなかったことを、しっかり見据えるのだ。
誰かが入って来た。——振り向いて、和子はびっくりした。
「神田さん！」
あゆみが、立っていたのだ。
「——典子に、返すものがあって」
と、あゆみは言った。「私は、典子みたいに純粋じゃありませんでした。電車で来たんです」
「そう……」
あゆみは、焼香すると、
「——先生、これを典子に」
と、割れたメガネを、取り出す。
「これ……。どこで？」

「私の家です。典子、本当に、うちへ来たんです」
「じゃあ……」
「父が――父がやったんです」
あゆみは一部始終を、和子に話して聞かせた。
「そんなことが……」
「父がやったといっても、誰も信じてくれないでしょう」
あゆみは、赤い目で、写真を見て、「父は、償いをする、と言ってます。何とかして、工場に残った人たちの働き口を捜す、と。頭を下げて頼んで回る、と言ってます」
和子はゆっくりと肯いた。
「――それですむことかどうか、分りませんけど」
「どうしようもないことだったのよ」
と、和子は首を振って言った。「ね、これを、かけてあげましょう」
「ええ」

二人は立ち上って、棺の中に眠る、典子の顔に、そっとメガネをかけてやった。

翌日、典子の葬儀がすむと、あゆみは東京へと戻って行った。

和子は、あゆみを見送って、町へと戻った。

町は相変らず、寂しく、灰色に見えたが、それでも和子は、どこかこれまでと自分の心が違っているのを感じていた。

それは何だったのだろう？

町は、日を追って、さびれ、やがて消えて行くかもしれない。しかし、人はたとえ方々へ散っても、決して変らず、揺るがないものがある。

典子が、自ら身をもって証明したように、人と人との絆は、時に、空間や時間さえ超えてしまうのだ。

和子は、そこまで突きつめ、思いつめた、典子の心を思いやると、いじらしく、また嬉しかった。——誰にでも可能ではないとしても、この世に奇跡が存在すると知ることは、すばらしかった。
それも人の愛の力が、それをなしとげたのだから。
「先生、こんちは」
と、生徒が、声をかけて行く。
「こんにちは」
和子は、笑顔で答えながら、あの子たちの明るさの中に、この町が生き続けるのだ、と思った。
「先生、頑張って」
——どこかから、典子の声が聞こえたような気がして、和子は思わず周囲を見回したのだった。

終夜運転

1

「お疲れさまでした」

という声が、何だかいやに遠く聞こえた。

どうしたんだ、俺の耳は？

少し飲み過ぎたのかもしれない。そうだな、たぶん……。

「あなた。ほどほどにしておかないと」

という妻の言葉など無視して、ずいぶん飲んでしまった。

家では怖くて、夫の手からグラスを引ったくる妻だが、さすがにパーティの席でそこまではやらない。

人目というものがある。

いくら道子でも、大勢の客が見ている前で夫のグラスを取り上げはしないだろう。

それを見越して、大倉はしたたか酔ってしまった。
そうなると勝手なもので、
「おい、どうしてこんなに酔う前に止めてくれなかったんだ？」
と、道子に言ってやりたかったが……。
どこを見回しても、道子の姿がない。
「おい。――女房を見なかったか？」
と、そばにいた男へ訊いてみたが、けげんな表情で見返されただけだった。
何だ、こいつは？
その若い男は、大倉のことをただの「妙な酔っ払い」としか見ていないのが、その目つきで分った。
失礼な奴だ！　この俺を誰だか知らないとでも言うのか？
「これは総理」
と、このパーティの主催者の一人が、胸につけたバラの花を落としながら、駆けつけて来た。
「おい、うちの奴を見なかったか？」
「奥様でしたら、一足先に帰るからとおっしゃって……」
「帰った？　そうか」
勝手なもので、飲んでいるときには、人を責めるような目で見るので、
「早く帰っていいんだぞ」
と言っているくせに、本当に帰ってしまったとなると、
「少しぐらい、待ってりゃいいじゃないか！」
と、文句を言いたくなるのだ。
「ちゃんとお車でお送りしました。総理のお車もご用意いたしますので、少しおかけになってお待ち下さい」
そのときになって、「元内閣総理大臣」大倉哲太郎は、パーティ会場がほとんど空になっていることに気付いた。

「うん……。大分遅くなったんだな」
と、大倉は少しシャンとしようと努力しつつ言った。
「はい。ロビーのソファでお休みを」
「うむ……」
大倉は、主催者の男について、フラフラと歩きつつ、「おい、さっきの若いのは、俺が誰だか分っていなかったぞ」
「ご冗談でしょう！　大倉総理を存じ上げないなんて」
「いや、確かに……」
「それはまあ……きっと、パーティに遅れて来て、総理のお話を聞いていなかったんでしょう。まさか、あの大倉総理が目の前におられるとは、想像もしていなかったんですよ」
「うん、まあ……。大分前のことだしな、俺が総理をやっていたのは。もう五年……いや、七年はたつか」

ロビーへ出ると、人影はほとんどない。
「――おい、俺の荷物！」
と、大倉は言った。
「お荷物でございますか」
「そうだ！　大切な写真だ。きちんと風呂敷に包んで――」
「お待ち下さい」
受付も、二、三人がすでに片付けを始めている。
少しして、男は紙袋を手に戻って来た。
「これですね」
「ああ、そうだ。これは、そりゃあ貴重なものなんだぞ」
と、紙袋ごと抱きかかえるようにして、ロビーの奥のソファにフラフラと歩いて行くと、ドサッと座り込んだ。
「――車が用意できましたら、すぐお迎えに上りますので」

主催者の男は、急いで会場の中へ戻った。
そこにいた若い男が、
「誰です、今の？」
と訊いた。
「おい、気を付けろよ。あれは元総理大臣の大倉哲太郎さんだ」
と、渋い顔になる。
「大倉……。ああ、そんな首相がいましたね、昔」
「当人の前でそんなこと言うなよ」
「でも、僕なんか憶えてませんよ。もう十年じゃきかないでしょ？　二十年前？」
「十五、六年かな。――まあ、本人は今でも現役のつもりなんだ。そう思わせとくさ」
「そうですね」
「車を一台呼んでくれ。大倉先生のためのだ」
「車ですか？　タクシーでいいですね」

「ハイヤーだ！　用意しといたのは、奥様が乗って帰られてしまった」
「分りました」
「頼んだぞ」
と言われたものの……。
若い男は、受付を片付けている女性社員に、
「あのソファに座ってる年寄、誰だか知ってるかい？」
などと訊いたりしている内に、車のことなど忘れてしまっていた……。

世も末だな……。
大倉はため息をついた。
ついこの間まで総理大臣だった俺のことを忘れるとは……。
道子がいなくて良かったかもしれない。道子が聞いたら、
「だから、もうパーティに出るのはおよしなさいと言ったじゃないの」

とでも言い出すだろう。
なに、俺だって出たいんじゃない。みんながまだ俺を必要としているんだ。そうだとも！
俺は一度は日本を動かす立場だったのだ。
そうだとも……。
大倉は、いつしかソファで寝入ってしまっていた。
そして、どれくらいたったのだろう？
「おい、道子！」
と、声に出して呼んで、目が覚めた。
うん？　どうしたんだ、俺は？
大倉は自分がポツンと一人でソファに座っていることに気付いた。
ここは……。家じゃない。いくら大邸宅に住んでも、こんなに広い部屋はない。
「ああ……」

何となく思い出して来た。
俺はパーティに出ていて、道子が先に帰ってしまい……。
しかし――これはどうしたんだ？
ロビーは人気がなく、しかも照明がほとんど落ちてしまって、ひどく薄暗い。
あいつ……。車が来たらお迎えに上りますとか言っておいて――。
「おい！　誰かいないのか！」
と、大倉は大声を出した。
しかしその声もロビーの静寂に吸い取られて消えて行くばかりだった。
それでも大倉は、
「誰かが迎えに来るべきだ」
と、ソファで待っていたが、やがてさすがに自分一人、忘れられたのだと認めざるを得なかった。
「文句を言ってやる！　全く、今の奴らは礼儀を知らん」

と、ブツブツ言いつつ、ソファから立ち上った。
——ガラス扉を押して外へ出ると、大倉は当惑した。
ここはホテルじゃないのか？
そこにはタクシーの一台も停っていなかった。〈タクシー乗場〉の立札はあっても、タクシーがいない。
どうなってるんだ、全く……。
大倉は、仕方なく歩き出した。
広い通りへ出れば、タクシーも通るだろう。まさか家まで歩いては帰れない。
一体何時ごろなのか。——通りに人影はなく、車もさっぱり通らない。
こんなことがあるのか？
大倉は、紙袋を抱えつつ、ともかく通りを歩き出した。
家まで歩くとなったら一時間では無理だ。——あんなパーティに出るんじゃなかった。

今さら文句を言っても始まらないが……。
そのとき――ゴーッという音がして、大倉は振り返った。
この音……。ゴーッ、ガタンガタン……。
懐しさを感じさせる音だった。
しかし、まさか……。
それが二つの大きなライトを目玉のように光らせてやって来るのを見て、大倉は目を丸くした。
「驚いたな！」
これは――路面電車だ。たった一両。
古びた車体。しかし、明りのついた車内の様子が、夜の闇の中に、暖く浮かび上っている。
市電。――こんなものが、まだ走っていたのか！
大倉は、思わず駆け出して手を振っていた。

「おい！――乗せてくれ！」
そこが停留所かどうかなどということは考えもしなかった。そして、電車は大倉の目の前で停ったのである。

2

大倉が乗り込むと、電車はすぐにまた動き出した。
ガタンゴトンと音をたて、まるで息切れしているように揺れながら、電車は走っていた。
他には誰も乗っていない。
大倉は、運転士に近い席に腰をおろすと、ホッと息をついた。
カシャ、カシャと規則的な音がしている。何だろうと目を上げると、ズラッと並んだ吊り革が電車の揺れるのに合わせて一斉に振子のように揺れて、網棚の端に当っているのだった。
大倉は、懐しい気分に浸って、しばし時を忘れたが……。
「ああ、そうだ」
俺は元総理大臣なのだ。電車にタダ乗りしたなどと言われたら恥だ。
「――おい、君」
と、運転士へと声をかけた。「今はいくらなのかね、料金は？」
すると、驚いたことに、若い女の声が、
「料金はいただきません」
と答えた。
大倉は目を見開いて、
「君……いくつかね」
と訊いた。
その女性――というより、女の子は、どう見ても十代だったからだ。

「私ですか？　十六です」
と、少女がちょっと振り向いて言った。
丸顔の、愛らしい娘だ。髪をお下げにして赤いリボンで結んでいる。
「十六……。十六歳で電車を走らしてるのか」
「ええ。私だけじゃありません」
と、少女は言った。「他にも何人もいますよ」
「そりゃあ大変だ」
大倉は面食らっていた。公共の交通機関で、十代の少女が運転しているものがあるとは。
少なくとも、俺のころにはそんなことはなかったぞ！
「慣れですよ」
と、少女は前方へ目を向けたまま言った。「初めは、この電車がちっとも言うこと聞いてくれなくて。泣きたくなったもんですけどその内慣れて……。今はこうして電車を動かしているのが嬉しいです」
「そうか」
こんな夜遅くまで、十六歳の少女が働いている。そのことは、法的にどうかという問題を別にして、大倉を感心させた。
それにしても——少女の服装は奇妙だった。上は白いブラウスだが、大分汚れて、黄ばんでいる。そして下は——どう見ても、あれは「もんぺ」だ。
「今はそういう格好が流行ってるのかね」
と、大倉は言った。
少女はちょっと笑って、
「これはこれでお洒落でしょ？」
「ああ。私は好きだね」
なかなか爽やかで気持のいい子だ。
電車は、のんびりと夜の町を走り続けている。——一向に外が明るくならない。この辺はにぎやかな繁華街のはずだが。
「お客様はどちらまでですか？」
と訊かれて、大倉は当惑した。
自分の住所を最近忘れてしまうことがあるのだ。
「ああ……。ともかく近くへ来たら言うよ」
「はい。どこででもお停めしますから、おっしゃって下さい」
「ありがとう」
少女は少しスピードを上げた。——といっても大したことはない。
歩いていたのが駆け足になったくらいのことである。
「——お客様のお顔、どこかでお見かけしたような気がしますけど」
と、少女は言った。
大倉はついニヤニヤしてしまう。さっきの若い男より、この子の方がずっとましだ！
「そうだろう。私は以前、総理大臣だったんだ」

「まあ！　そんなに偉い方だったんですか」
と、少女は目を丸くして振り返り、「それは失礼しました」
「いやいや、もう大分昔のことでね」
大倉は抱えていた包みを開くと、「――この写真、見たことはないかね」
少女はふしぎそうに写真を見て、
「一人はお客様ですね」
「うん。もう一人はね、アメリカの大統領なんだ。分るかね？　大統領の牧場に招ばれて行ったときに撮った写真なんだよ」
大倉は改めて、二人が旧友のように並んで笑顔で立っているその写真を眺めた。
いつ見ても、大倉の中に熱いものがこみ上げてくる。
これは俺の人生の「ハイライト」だった。この一瞬のために、何を犠牲にしてもいいと思ったものだ。
正直なところ、当時アメリカがのめり込んでいた戦争は、到底筋の通ったものではなかった。アメリカの爆撃で、罪のない市民が何万も死んで行った。
大倉だって馬鹿ではない。アメリカが間違っていると分ってはいたのだ。
だが、この一枚の写真は、遠い国の女子供の何千、何万の命などどうでもいいと思わせるほど、大倉の生涯を飾るものになったのだった……。
大倉は、ふと少女の視線を感じて顔を上げた。少女はふしぎそうな表情で、大倉を眺めている。
「——どうかしたかね？」
と訊くと、少女は急いで前方へ視線を戻して、
「今——アメリカの大統領、っておっしゃったんですか？」
「うん、そうだよ。君も名前くらいは知ってるだろう」
そのとき、少女が電車を停めた。
「客かね」
少女がハッと息をのんだ。

「特高(とっこう)です！　アメリカ人だなんて言っちゃだめですよ」
と、少女が早口に言った。
「何だって？」
電車に二人の男が乗(の)り込(こ)んできた。
「ご苦労さまです」
と、少女が会釈(えしゃく)する。
「うむ」
目つきの鋭(するど)い男たちだった。
「あんた、こんな時間にどこへ行くんだね」
一人が大倉へ訊(き)いた。
「家へ帰るんだ」
と、大倉は答えて、写真をしまい込(こ)んだ。
「それは写真か？」

「そうだが……」
「見せろ」
横柄な態度に、大倉はムッとした。
後で名前を聞いて、注意してやろう。総理大臣の顔も分らないのか。
「個人的な記念の写真でね」
「いいから見せろ」
大倉は肩をすくめて、写真を渡した。
その二人がそれを見て、大倉に気付き、
「これは失礼いたしました！」
と、頭を下げて来るだろうと期待していたのだが――。
二人の男たちはうさんくさげに大倉を見るだけだった。
「この外国人は？」
と、一人が訊く。

特高……特別高等警察の略。明治末期から第二次世界大戦の敗戦まで、国民の思想や言論を取り締まり、弾圧した。

「知らんのか？」
「お前に訊いてるんだ」
「呆れたな。その顔も分らんのか。それは――」
と言いかけた大倉を遮って、少女が、
「私も訊いたんですよ！」
と言った。「ドイツの有名な方なんですって！」
大倉は少女を見た。少女の真剣な目は、「私の言う通りにして！」と訴えていた。
「ドイツ人か。いい身なりだ。どこかの社長か？」
大倉は少しポカンとしていたが、
「――ああ。取引先の社長だ」
と肯く。
「ふーん。日本がこんな世の中だというのに、のんびり写真など」
と、不服げな一人へ、もう一人が笑って、

「見ろよ。ずいぶん若い。これは昔の写真だぜ」
と言った。
「そうか。――まだ戦争が始まる前だな、きっと」
大倉は耳を疑った。戦争が始まる前？
どこの戦争のことを言ってるんだ？
だが大倉が訊く前に、男たちは、
「ああ、その交差点でいい」
と、少女へ言って電車を停めさせ、降りて行った。
大倉はまた一人になって、電車が走り出す。
そのときになって、大倉は少女の言ったことを思い出した。
「特高です」
と、少女は言った。
特高。――それは遠い昔の言葉だ。

では、これはもしかすると……。
「良かったわ」
と、少女が言った。「もしお客さんが『アメリカの大統領』なんて言ったら、どうしようかと思ってた」
「アメリカは……今、敵国なのかね」
と、大倉は言った。
「ええ、もう何年もアメリカと戦争してるんですよ」
少女は大倉が少しボケているとでも思ったのだろう。やさしい口調で言った。
「――その先で停めてくれ」
と、大倉は言った。
「はい」
大倉は、ともかく電車から降りたかった。
電車が停り、大倉は降りようとして、

「ありがとう」
と、少女へ言った。
「お気を付けて。またお会いできるといいですね」
「君の――名前を聞いていいかね」
「私ですか。千加代子っていうんです。何だか偉そうでしょ。でも『裏千家』とかとは何の関係もないんです」
と、少女は笑った。
「じゃあ……」
大倉は電車を降りた。
暗い街路に立つと、明るい車内で少女が微笑みながら手を振るのが見えた。
路面電車はガタンゴトンと音をたてながら遠ざかって行く。
そして、電車が見えなくなったとき、大倉は自分が自宅のすぐ近くに立っていることに気付いた。

突然周囲が明るく、にぎやかになった。
二十四時間営業のレストラン、コーヒーショップ、コンビニ……。
いつもの見慣れた町がそこにあった。
大倉は、夢からさめたような心持ちで、我が家へと向って歩き出した。

3

芝生に秋の日射しが柔らかく映えている。
その真中にポツンと忘れられたように見える車椅子。
大倉は、ゆっくりと芝生を横切って行った。
――母は目をつぶって、眠っているかのようだった。
ときどき、大倉は眠っている母を見て、死んでいるのではないかと思うことがある。
そしてゾッとするのだ。――母さんが死んだらどうしよう？　どうやって生きていこう、と……。

おかしなものだ。大倉ももう七十四。今さら母に頼る必要などないのに、こうしてそばに来ると「甘えん坊の息子」に戻ってしまうのだ。

母さん、と声をかけようとすると、

「哲ちゃんかい」

目も開けずに、母が言った。

「ああ」

大倉は、いつもこの母の直感の鋭さにびっくりする。

母、大倉のぶ代は目を開けて、息子を見た。

「どうしたの」

と訊く。

「どう、って？　顔を見に来ちゃいけないかい」

「それだけじゃないね。その顔は、何か特別な用事があるって言ってるよ」

「母さんにはかなわないな」
大倉は芝生に腰をおろした。
のぶ代は今九十三歳だが、リューマチで歩くことはできなくても頭は驚くほどはっきりしている。
「――具合はどう？」
と、大倉は訊いた。
「相変らずだね」
と、のぶ代は首を振って、「医者に、五十代の心臓ですね、って言われてる」
「結構じゃないか」
「私はもう充分。――いつ死んでもいい」
「母さんは僕より長生きするよ」
「長生きしたくないよ、これ以上」
のぶ代は、青空をまぶしげに見上げて、

「日本がまた戦争を始めて、爆撃機がいつ爆弾を落としに来るかとハラハラしながら死ぬのはいやだからね」
「戦争なんて起ってないよ」
「起ったら諦めるしかない。今の私にはね。でも、辛いのは、また日本を戦争する国にしたのが、哲ちゃん、あんただと思うことよ」
大倉は母から目をそらした。
「その話はやめてくれよ。——日本はアメリカと組まなきゃやっていけないんだ。少々間違ってると分ってることでも付合うのが友人ってものさ。そうだろ？」
「友人はね、武器や石油で大儲けしたりしないよ」
のぶ代の言葉は鋭い。
「——色んなことがあるんだよ、世の中は。正しいことばかりじゃ生きていけないんだ」
大倉は、憲法を無視して、海外へ自衛隊を送り出した。——今はまだ大きな犠牲は出ていないが、いずれアメリカはまたアジアや中東のどこかで戦争を始めるだろう。
そのとき、死ぬのはアメリカの若者でなく、日本の若者たちになるだろう……。
その道を拓いたのは、確かに大倉なのだ。
「大丈夫。そう簡単に戦争なんて起らない」
と、大倉は言った。
「もう言わないよ。あんたのお金で、こんな高級なホームに入っていられるんだからね。もうそう長くは手間をかけないと思うよ」
「母さん……」
大倉は言いかけて、「――今日は、ちょっと訊きたいことがあって来たんだ」
「――何だい？」
「母さん、いつか話してなかったっけ。女学生のころ、広島で、市電を運転してたって」
のぶ代は、ちょっと眉を寄せて、
「突然、何の話？」

と言った。

「すっかり忘れてたんだけど、いつかそんな話を聞いたことがあったような気がして」

「ああ。――十六、七のころね。昭和十九年から二十年にかけて、市電の運転士がみんな兵隊に取られて、人手が足りなくなったの。それで、田舎の女学生に、『無料で学校へ行かせてやる』という謳い文句で、市電の運転士にならないかと募集があったのよ」

「じゃ、本当に運転したんだね」

「もちろんよ！　初めは講習を受けたりしたけど、その内、そんな余裕もなくなって、すぐに乗務させられた」

のぶ代の顔にフッと若々しい笑みが浮んだ。

「簡単に口で説明されただけで、すぐに本当の電車を動かしたんだからね！　初めはとてもじゃないけど思うように動いてくれなくて、停留所を行き過ぎたり、交差点の真中で停っちゃったりね」

のぶ代は思い出し笑いをした。
「本当！　終点に着くと、汗だくだったわよ」
「でも、ちゃんと運転してたんだろ」
「そう。――じきに慣れるとね、あんなに気持のいいものはなかったね！　あの重くて大きな電車が、自分の思い通りに走ったり停ったりする。子供は電車ごっこが好きだろ？　私たちは本物を動かしてたんだからね」
のぶ代の顔が誇りに輝いた。
しかし――すぐに表情は曇り、
「でも、あの日が来た……。暑い朝。普通にしてても汗がタラタラ流れ落ちたわ」
「それは……」
「八月六日。原爆の落ちた日よ」
と、のぶ代は言った。「あの日、市内に電車を走らせていた子たちは、電車もろとも、灰になってしまったわ。焼かれ、粉々に吹き飛ばされてね……」

「大勢死んだの？」
「そうよ。でも――私たちは正式に採用されて働いてたわけじゃなかったから、名簿もなく、記録も焼けてしまって、何人が死んだのか、分らずじまいになったわ」
「そうか……。母さんは乗ってなかったんだね」
「でなかったら、あんたもこの世にいなかったわね」
と、のぶ代は言った。「でもね、原爆の落ちた三日後には、市内の比較的被害の小さかった辺りに、私たちは電車を走らせたのよ」
「そんなに早く？」
「そう。あの悲惨な町の中、泣きながら私は電車を運転した。――でも、みんな喜んでくれた。一瞬で廃墟になった町を、電車が走ってる。しかも若い娘が運転して……。それを見て、力づけられ、勇気づけられた人が大勢いたのよ」
大倉は驚いた。原爆で広島の町は大変な惨状だったろう。
少女たちにも、おそらく消息の心配な家族や知人があっただろうに、市電を走らせていた……。

「けが人も運んだし、行方の知れない親や子を捜す人も乗せたわ」

と、のぶ代は思い出しながら言った。

「料金は？」

「取らなかったわよ。あの日はそれどころじゃなかった」

大倉は、少し考えてから、

「母さん、もしかして……千加代子って女の子を知らない？」

と言った。

のぶ代が、大きく目を見開いた。

「お前……。どうしてあの子の名を知ってるの？」

「うん……。ちょっとあるところで耳にしてね。その市電の話と一緒に。それで、もしかしたら知ってるかと……」

「知ってるどころか——。忘れられはしないわよ」

のぶ代の表情が悲しげにくもった。「あの子がいなかったら、私が死んでた」
「それって、つまり……千加代子は死んだってこと？」
「そうよ」
のぶ代は肯いた。「加代子ちゃんは、原爆の爆心地に近い所で、電車を運転していたのよ、そのとき」
「じゃあ、電車ごと……」
「跡形もなく。――でも、何十メートルも飛ばされた車両が後で見付かったの。だけど、中で死んでいた人たちは……。全然見分けがつかなかった」
のぶ代の声が詰った。「昨日のことのようだわ。――本当は私が死んでいたはずなのに」
大倉は、あの電車が「過去」を走っていたこと――それを自然なことのように受け容れている自分に、びっくりした。
おそらく、年をとって、自分が見たもの、聞いたことを、ありのままに認められるようになったのだろう。
あれがただの夢だとか幻だったとは、到底思えない。
妻の道子は、話を聞いて、
「酔って夢と現実の区別がつかなくなったのね」
と、アッサリ片付けたが。
「母さん、その事情を聞かせて」
と、大倉は言った。「本当は母さんが死んでいたはず、っていうのは？」
「待って。——何しろ七十年以上も前の話だからね」
と、のぶ代は目をつぶって、しばらく考えていたが、やがて目を開けて、「そう。——原爆の落ちる数日前だった」

「暑いわね！」
乗務を終えたのぶ代が車庫へ戻って来ると、他の路線で走っていた千加代子が声をかけて来た。
「加代子。もう今日はこれで上り？」
「ええ。のぶ代も？」
「ちょっと母の具合が悪くてね。一旦家へ帰って来なきゃいけないの」
「あら、いけないわね。たまには親孝行してらっしゃい。少しゆっくりしてくるといいわ」
加代子は、明るさを失わない子だった。
南方で兄を亡くしていたが、仲間たちの前で、涙を見せることはなかった。
「――井戸水はおいしいわね！」
冷たい水をくんで、二人はゴクゴクと飲んだ。
夕方といっても、まだ西日が暑く照りつけている。
「加代子。――ちょっと」
仲間の少女が駆けて来た。

「どうしたの？」
「あんたのこと訪ねて……」
「誰が？」
返事はなかった。――二人の男がやって来るのが見えた。
一目で分る。特高だった。
憲兵と特高。――誰もが目も合わせないようにするほど恐れられていた。
「我々を憶えてるかね」
と、男の一人が言った。
「あの……二、三日前の夜に……」
「そうだ。君の運転する電車に乗った」
と、男は肯いて、「あのときの年寄の客を憶えてるか？」
「はい……」
「妙な写真を持っていた。外国人と仲良く並んでいる写真だ」

「憶えています」
と、加代子は不安げに肯いた。
「君は、あの外国人をドイツ人だと言ったな」
「あの……あのお客さんがそうおっしゃったんです」
「本当か？」
「もちろんです。それが――」
「写真の中に、看板のようなものが写っとってな。後で気が付いた。その文字は英語、だったんだ」
加代子は、
「さようでしたか」
と言うだけだった。「でも私は――」
「君はあのとき、あの年寄をかばった。違うか？」
「いえ、そんな――」

「だが、あのときの態度は、そう見えた」
「とんでもない！　見も知らない人です」
加代子は真青になっていた。
「正直に話せ。嘘をつくと……」
「本当です！　私はあのお客さんのことなど知りません」
加代子は必死で弁明した。
しかし、特高の二人は、聞く耳など持たなかった。
「ゆっくり話を聞こうじゃないか」
二人の男が加代子の両腕を取った。
「私……本当に何も知りません！」
加代子は車へ押し込まれた。
仲間たちは、なすすべもなく、その車が走り去るのを見送っていた。
特高に連行されること。それがどういう意味か、誰でも知っていた。

みんな無言で、ただ奇跡が起るのを待っていた……。

「――私たちは、加代子がもう戻って来ないだろうと思った」

と、のぶ代は言った。「特高に連れて行かれたら、もう二度と生きては帰れなかったからね」

大倉は、芝生で暖い日射しを浴びながら、凍りつくような寒さに震えていた。

こんなことが――こんなことがあるのか？

「でもね――」

と、のぶ代は言った。「三日たって、加代子は帰って来たの。でも、私たちは初め、それが加代子だと分らなかった。――殴られて顔が倍にもはれ上っていた。目の回りは黒くあざになって、片方の目はほとんど開かなかった。髪が抜けていたのは、髪をつかんで引きずられたから。手首の縛られた縄のあとからは血がにじんでいた……」

のぶ代の目に涙が光った。

「みんなが必死で介抱して、加代子は何とか起きられるようになったわ。――でも、顔はまだはれ上っていた。それでも加代子は電車に乗ると言って聞かなかった……」

俺のせいで？　俺があの子をそんなひどい目に遭わせたのか？

「そして、八月六日が来たわ」

と、のぶ代は言った。「その日、本当は私が朝からの乗務だった。でも、電車に乗ろうとしてると――」

「のぶ代！」

加代子が走って来る。

「加代子、どうしたの？」

「お願い、代って。私に行かせて」

「どうして？　加代子、ゆうべ乗っていたじゃないの」

「母が――今日、こっちへ出て来るの。ゆうべ電話で知らせて来て。止められなかったのよ」
「でも――」
「お願い。この顔を母に見られたくない」
加代子の顔はまだひどい状態だった。母親は何も知らない。
「でも――お母様がみえたら、何て言えばいいの？」
「非常時ですもの、急に人手が足りなくなって、とか――。母は信じてくれるわ」
加代子の気持も分った。
「いいわ。でも、無理しちゃだめよ。そうでなくたって、体が弱ってるんだから」
「ありがとう！」
加代子は、のぶ代の手を握った。
それが、のぶ代の聞いた加代子の最後の声になった。
「それが、私の聞いた加代子の最後の声だった……」

と、のぶ代は言った。「でも――どうしてあの子のことを、あんたが知っているの？」

大倉はゆっくりと立ち上った。

「母さん。――また来るよ」

「お前……大丈夫なの？」

「ああ」

大倉は、何とか笑って見せた。「母さんの方が長生きするかもしれないね」

そう言って、大倉は母の肩に手をかけると、その場から立ち去った。

足どりが、来たときより重く感じられたのは、ずっと芝生に座っていたせいだろうか……。

4

夜の町へ、大倉は出て行った。

真夜中、十二時を打ってすぐだ。

——これだ。この暗い町だ。

引き寄せられるように、暗く人通りのない道に立っていると、やがて二つの明りをつけた市電がやって来た。

大倉が手を上げて近寄ると電車は停った。

「あら……」

千加代子が大倉を見て、「この間の——」

大倉は、言葉が出なかった。

加代子の顔は赤黒くはれ上り、目の回りのあざも消えていない。両手首には、黒く汚れた包帯が巻いてあった。
「こんな時間にお出かけですか」
加代子が、少しも変らぬ明るい口調で言った。「――びっくりしました？　ひどく転んでしまって……」
「すまなかった」
大倉は頭を下げた。「私のせいで、ひどい目に遭って」
「ご存じでしたか」
加代子は電車を走らせながら、「大丈夫です。お客さんのことは何も言ってません」
「なぜ言わなかったんだね？　私をかばう必要などなかったのに」
「いいえ」
と、加代子は首を振って、「話しても話さなくても殴られ、けられるのは同じですよ。それに……」

「――それに？」
「私がお客さんのこと、話したとして、もしそれでお客さんが捕まって殺されたら、私、一生辛いですもの」
「だが……君だって、一歩間違えば殺されるところだったじゃないか」
「ええ。いっそ死にたいと思いました。――でも、そんなこと願っちゃいけないんですよね。兄は南方のジャングルで死にました。きっと『生きたい！』って心から思ってたに違いないんです」
加代子の声が震えた。「そんな兄の気持を考えたら、死にたいなんて思っちゃいけないって……。生きられるだけ生きようと頑張らなきゃ」
大倉は、あの写真を思い出した。
大統領との写真の、二人の背後に見える〈ランチ〉（牧場）の文字。
あれがこの少女を死にそうな目に遭わせたのだ。
だが、加代子は大倉を恨んでいない。

自分の話したことで、人が死んだら、一生辛い思いをするという……。
大倉は、あの写真と引き換えに、アメリカの戦争を支持した。
もし支持しなかったとしても、アメリカは戦争を始めていただろう。しかし、もし日本がはっきりと、
「反対する」
と言っていたら――。
爆撃の規模が少しは縮小されたかもしれない。爆弾の下、死なくてもいい命が、いくつかは助かったかも……。
大倉は、あの写真のために死んだ大勢の人々のことで、苦しんだりしなかった。
それどころか、写真を見せて自慢した。
――何ということだ。
「もう気にしないで下さいね」
と、加代子は言った。「もうすぐ終点ですけど」

「そうか……。大変だね。これで休めるんだろう？」
「本当はそうなんですけど、実は明日母が出て来るんです」
「――明日？」
「ええ。こんな顔、母に見られたくないでしょ？　急な仕事が入ったことにして、朝の乗務の人と代ってもらうつもり」
大倉はややあって、
「明日は……何日だったかね」
と言った。
「今日が五日ですから。――もう六日ですね。正確には、八月の六日」
「八月六日……」
大倉は首を振って、「いけないよ。明日はちゃんと休んでお母さんと――」
言いかけて、ハッと気付いた。
加代子が朝の乗務を代ってもらわなければ母が死ぬのだ。

「どうしたんですか？」
と、加代子がふしぎそうに大倉を見る。
「いや……何でもない」
俺は、この少女を二度も犠牲にするのか。
「もう終点ですよ」
と、加代子は電車を停めた。「後は車庫に入るだけ。――ここでいいんですか？」
「うん、ここでいい」
大倉は、胸をふさがれる思いで、「加代子君……」
「え？」
「私は君のことを忘れないよ！」
大倉は加代子の手をつかんで、「ありがとう！」
と、深々と頭を下げた。
「そんな……。大げさですよ」

加代子は照れたように笑った。
大倉が電車を降りると、加代子はちょっと手を振って見せた。
電車が闇の中へと消えて行く。
大倉は振り返った。
明るい今の町が、そこにあった。
俺は考えたこともなかった。
この明るい町の下には、加代子の骨が、灰が眠っているのだ。
その灰は訴えている。
「もう二度と、私たちのような死者を出さないで」
と。
俺はそんな声を聞こうともしなかった。
社会の繁栄のためには、少しぐらいの人間の死など、大したことではないと思っていた。

兵器を作れば、企業が儲かる。その兵器で死ぬ人間のことなど考えてはいられない。
だが――あのたった一人の少女の死が、母を救い、大倉自身をこの世に生み出したのだ。
あの少女が、拷問に耐えて大倉を守ったことを、忘れろと言うのか。
あの少女の誇りに、自分の「元総理」というプライドは比べられるか。
――俺の歩いて来た道は何だったのだ。
大倉は、夜の町へと歩き出した。
靴の下で、砕けた骨が、燃え尽きた灰が、乾いた音をたてているようだった……。

日の丸あげて

1

父は、灰色のアスファルトの道に倒れて死んでいた。

和子は、それが父に違いないということを自分から確かめたわけではない。父をよく知っている人たちから、「お父さんが死んだ」と聞かされて、駆けつけて来たのだ。

でも、布の下からはみ出しているズボンも、いつも同じのばかりはいていた靴も、見憶えのあるものだった。

父の死体を覆った布をめくって、死顔を確かめることは、したくなかった。

それはただの布ではなく、日の丸だったからである。

「――お父さん」

と、和子は呟いた。「これで……」

2

「お父さん？」

残暑の中、バス停からの十分は結構辛い。

薫を生んでから、和子は前より十キロ近く太り、一向に元に戻らなかった。

バス停から、この団地まで、ゆるくはあるが上り坂が続くので、今は汗びっしょりになっていた。

父の住む棟までやって来ると、父、尾田徹治が表に出て、双眼鏡を手に何やら眺めている。

「――お父さん、何してるの？」

もう一度声をかけると、尾田は手もとに広げたノートのようなものに何か印をつけて、

「和子か。――一人か、今日は」
と、初めて娘の方を見た。
「薫はあちらのお義母様の所へ預けて来たわ」
と、和子は手にしたハンカチで額の汗を拭った。「何を見てるの？」
尾田が双眼鏡を向けているのは、どう見ても八階建ての棟のベランダ側。見えるものといえば、洗濯物と衛星放送用の円型のアンテナくらいのものだ。
「ベランダさ」
と、尾田は言って、眉をひそめ、首を振った。「全く、お話にならん！」
「どうしたのよ」
停年で警察を辞めてから、尾田は以前にも輪をかけて頑固に怒りっぽくなっていた。年齢のせいとしても、和子はご近所とトラブルを起こさないか、気にしていた。
「日の丸だ」
「日の丸？」

「今日は国民の祝日、旗日だぞ。それなのに日の丸を出している家が五戸しかない」
それを聞いて、和子は思わず笑ってしまった。
「何かと思えば……。そんなこと、どうだっていいじゃないの」
「良くない！　日本人なら、国旗を出すのが当り前だ」
本気で腹を立てている。こういうときの父に何を言ってもむだだということを、和子はよく知っていた。
「団地ですもの。旗を立てる所もないし、それに、大体普通のお宅じゃ日の丸なんて持ってないわよ。――それより、中へ入りましょう。暑くてたまらない」
和子が腕を取って引張ると、尾田も渋々歩き出した。
「――エレベーター、使わないの？」
「当り前だ。人間は歩くために足というものを持ってる。三階くらいで、エレベーターを使ってどうする！」
「私は使うわ」

和子はエレベーターのボタンを押して、「お父さんはどうぞ、階段で」
本当は父も神経痛で階段が辛いのだということは分っている。
どうするか、と見ていると、一旦階段の方へ行きかけてから、
「――ま、お前が乗るのなら、同じことか」
と、ひとり言（にしては大きな声で）を言いながらやって来る。
「このエレベーター、相変らずのんびりね」
なぜだか、こういう公団や都営アパートのエレベーターはゆっくりしか動かない。
――和子も、七年前に結婚してマンション住いを始めるまで、この団地に住んでいた。
民間のマンションに越して、最初にびっくりしたのは、「エレベーターの速いこと！」であった。
「坊主は元気か」
と、尾田が言った。
「ええ。小学校にも慣れて、今はいやがらずに通ってるわ」

「なら良かった。男の子だ。少々のことでいじけてちゃ話にならん」
尾田は孫の薫のことを、決して名で呼ばず、「坊主」と呼ぶ。「薫」という名が女の子のようで、気に入らないのである。
和子の夫の久野修一がつけた名だが、もともと、
「男でも女でもいいように」
と、考えたのが「薫」だ。
尾田の気に入るわけがない。尾田は「初孫の名は自分でつける」と決めてかかっていて、男の子なら「英雄」、女の子なら「直子」と考えていた。
それが、相談もされずに、「薫」と決ってしまったので、すっかり腹を立てている。
——以来、六年間、そのときのこじれが今でも尾をひいて、娘に会っても、
「亭主は元気か」
とは絶対に訊かない。
「やっと来たわ」

エレベーターが降りて来て、扉が開くと、小さな女の子の手を引いた父親と、ショッピングカーを引いた奥さん。

「あ、亜美ちゃん」

と、和子は懐しげに言った。

「あら、久しぶり」

六階に住む、江口一家である。

「あなた、憶えてる？　和子さん」

「当り前さ。——どうも」

江口聡は光学メーカーに勤めている技術者だ。和子は独身時代、よく江口の妻の静香と買物や映画などに出歩いたものである。

父の目もうるさくて、いつも地味な服装の和子と比べ、静香は若々しい。年齢は和子より二つ上だが、髪を軽くオレンジに染めて華やかだった。

ずっと仕事をしていた静香の方が、子供は遅くて、亜美は今三つ。

「薫ちゃんも、もう小学校よね」
「この春から通ってるわ」
「亜美は幼稚園の準備保育に通わせてるの」
立ち話が長くなってもいけないので、
「それじゃ」
と、和子はエレベーターに乗ろうとした。
すると、
「江口さん」
と、尾田が呼び止めたのである。
「何でしょう？」
「お宅は、国旗が出とらんね」
「お父さん――」
「今日が何の日か知ってるだろ？」

「敬老の日ですよね、確か」
と、江口は言った。
「国民の祝日だよ。ちゃんと日の丸を出しなさい」
「お父さん、やめて！」
和子は、父の手を引張って、エレベーターに乗せると、急いで扉を閉じるボタンを押した。
「何だ。その顔は」
「自分はいくつでも日の丸をあげりゃいいじゃないの。他の人に押し付けないで」
和子は、苛立って、「どうして動かないの、このエレベーター！」
〈3〉のボタンを押し忘れていたのだ。動くわけがない。
和子は、八つ当りするように、〈3〉のボタンを叩くように押した。
玄関で、ゴミ袋の口を固く縛ると、

「――じゃ、行くわ」
と、和子は言った。「卵は、あんまり置いとけないから、なくなったら自分で買ってね」
「ああ」
尾田は、あぐらをかいてTVを見ていた。
「それじゃ」
ゴミを廊下へ出し、それから自分のバッグを肩にかけて、チラッと振り返ったが、父は顔も向けない。
いつもなら、
「ご苦労さん」
ぐらい言ってくれるのだが、今日はすっかりへそを曲げている。
構わず部屋を出て、ドアの鍵をかけた。
――九月十五日。さすがに夕方になると少し涼しくなるが、昼間は残暑が厳しい。

生ゴミはまめに捨てないと、すぐ匂ってくる。といって、「それぐらいやってよ」と言えば、父はまた怒るだろう。

ゴミの大きなビニール袋をさげて、和子はエレベーターで一階へ下りた。

ゴミ置き場へ寄って、袋を置いてから、水道で手を洗う。

そして外へ出たところで、買物から戻った江口親子とまたバッタリ会ってしまった。

「あ……」

「さっきは――」

と、和子は後をのみ込んで、ただ頭を下げた。

「今まで？　大変ね」

と、静香が言った。「もう帰るんでしょ？　じゃ、うちでコーヒーでも一杯？　ね？」

江口の家では、夫がおいしいコーヒーをいれてくれるのだ。久しぶりで、その香りを思い出して、和子は誘惑に抗し切れなかった……。

「こんなおいしいコーヒー、久しぶり」
と、和子はため息をついた。
「まあ、主人が喜ぶわ」
静香がクッキーを出してくれる。
「すぐに失礼するから……」
と言いながら、クッキーをつまむ。
「でも、あなたも毎週大変ね」
と、静香がソファにかけて、「お父様一人でどうにかできないの？」
「ともかく、手を伸せば届く物でも母に取らせた人だから。——でも、同居することを考えたら、この方がずっと楽。うちの人とうまくいくわけがないもの」
一人っ子の和子は、高校生のとき、母が亡くなってから、ずっと家事をこなして来た。父も刑事という仕事柄、毎日家で夕食をとるという暮しではなく、その点は楽だったのだ。
ただ、娘と二人になってから、尾田はいっそう頑固に気難しくなり、ほとんど会話らしいものもなくなっていた。
久野との結婚に、尾田は反対はしなかったが、ただ一言、
「家のことは誰がやるんだ？」
と言った。
それさえちゃんとやれば、結婚させてくれる。――和子は、必ず週一回、この団地へ通って、掃除、洗濯から食事の支度まで、すべてやる、と約束した。
その約束は、風邪で熱があっても守った。
薫を生む直前も、産後も退院して翌日からここへ来たので、休んだのは一回だけだ。
尾田が停年で辞め、家に毎日いるようになって、食事の支度がふえたが、今は出来合いのおかずなども使って、四、五日分を作り、冷凍しておくようにしている。
「――電子レンジの使い方だけは憶えてもらったわ」

と、和子は笑った。

「でも、ずっと続ける気？　大変ね」

「父が寝込むか、主人の転職でもあればともかく……。何とか、これさえやっとけばすむから」

父と夫が毎日喧嘩しているのを想像したら、それだけで胃が痛くなる。――特に、子供の育て方では、ぶつかることは間違いなかった。

「――ごめんなさい、さっきは」

と、和子は、江口に詫びた。「暇なものだから、人にあんなことを……」

「いや、いいんですよ」

と、江口は微笑んで、「以前にね、一度会社帰りに駅前でバッタリお会いして、一緒に飲んだことがあるんです。そのとき、『もっと日本人は国旗や国歌を大事にしなきゃいかん！』と説教されましてね。僕はただおとなしく、はいはい、って聞いてたから、賛成だと思われたのかもしれない」

「そんなことが？　知らなかったわ。すみません」
「年寄りは似たようなもので――。誰かな」
チャイムが鳴って、江口が立って行った。
静香が、
「薫ちゃん、小学校じゃどう？」
と言ったが、玄関から、
「尾田さん」
「やあ。――これをね、持って来てやったよ」
父の声だ！　和子は腰を浮かした。
静香が手ぶりで抑える。
「何ですか？」
「少し古くてくすんでるが、うちは新しいのを出してるからね。これをベランダに出してくれ」

和子は言葉がなかった。何のことを言っているか分ったからだ。

「——尾田さん、これは持って帰って下さい」

と、江口が言った。

「遠慮しなくていいんだ。何なら俺がやってやろう。あれはこつがあるんだ。風で飛ばないように——」

「そうじゃありません。僕は日の丸を出す気がないんです」

江口がきっぱりと言った。「はっきり言って、出すことに反対なんです。残念ですが」

「あんた……何を言ってるか分っとるのか？　今じゃ、ちゃんと法律でこれが国旗と決ったんだよ」

「分ってます。でも、これを出さなきゃいけないってわけじゃない。僕は出しません。お持ち帰り下さい」

「あんたは、それでも日本人なのか！　そういうことで、子供を一人前の男に育てられると思ってるのか！」
声が高くなって、和子はじっとしていられなかった。
玄関へ飛び出すと、
「お父さん！　失礼でしょ！」
と、叫ぶように言った。
尾田は布にくるんだポールと旗を抱えて立っていたが、
「お前……何してる」
「ともかく、もうやめて、そんなこと！」
「そうか……。うちへ来た帰りにここへ寄って、俺の悪口を並べてたのか」
「馬鹿言わないで！」
「親不孝をたきつけてるのかね、あんたの所は」
尾田は江口に向ってそう言うと、「邪魔したね」
と、出て行く。

「尾田さん」
と、江口が言った。「うちは女の子です」
尾田がドアを叩きつけるように閉めた。
——和子はその場に座り込んでしまった。

3

主婦にとって、「買物に出る」というのは三つの意味がある。
一つはもちろん「必要なものを買うこと」。そして「自分と子供の運動」。もう一つは「立ち話」。
特に、秋めいて過ごしやすくなって来たころ、晴れた日に、外でふと出会った奥さん同士、話は何時間でも続けようと思えば易しい。
初め二人だった（子供は除いて）ところへ、また知り合いが加わり、五人、六人のちょっとした「会議」の様相を呈することも珍しくない。
むだ話も少なくないが、これはこれで貴重な情報交換の場でもあるのだ。
「あそこの先生は親切よ。子供が泣いてもいやがらないし」
といった、医者のランクづけが行われるのもこういう場だ。
「その代り、夜は自分の子に八つ当りしてるって」
と一人が言って、大笑いになる。
「――失礼します」
こんな会話に、男が加わることはない。
ツイードの上着に、やや安物っぽいネクタイをしめた、三十五、六の男で、
「お話中申しわけないんですが、ちょっと伺いたいことが……」
と、上着の内ポケットから警察手帳を取り出して見せ、「このご近所にお住いですか、皆さん」
「はあ……」

「あそこの棟に――」
と、少し先の棟へチラッと目をやって、「江口さんという人がいますね、江口聡さん。ご存知ですか？」
奥さんたちが顔を見合せる。
「江口さんって……」
「亜美ちゃんとこのパパじゃない？」
「あ、そうね、あそこだったわね」
「――じゃ、ご存知ですね」
刑事が念を押す。
「知ってますけど……江口さんが何か？」
と、一応年長の奥さんが、いつでも引けるように身構えながら訊く。
「どんな方ですかね、江口さんという方？」
「どんなって……。確かカメラのメーカーにお勤めよね。見るからにエリートって感じの。でも、少しもいばってらっしゃらないわ。——ねえ？」
「いや、まあそういうこともちろん大切なんですが——。たとえば、大変子供好きだ、とか……。ご自分のお子さんは可愛がってますか」
「ええ、もちろん。お休みの日なんか、よく一緒に遊んでらっしゃるわ」
「刑事さん、江口さんがどうしたんですか？」
と、一人がたまりかねたように訊く。
「いや、大したことじゃないんです」
刑事はメモを取った。「他の子供には？　つまり、よその子にも優しいですか」
「——そうねえ、まあ、普通……じゃないかしら」
一人、それまで話を黙って聞いていた奥さんが、少し唐突に、
「あの奥さん、嫌いだわ、私」
と言った。
「ほう。どんな人です？」

「一流大学出てて、そりゃ頭はいいんだろうけど……。それを鼻にかけてるんです」
「なるほど」
あまり賛同の声はなく、却って気まずい空気になっていた。
「刑事さん……」
「どうもお邪魔しまして」
と、刑事の方も急にメモ帳をしまうと、
「このところ、小さい子供へのいたずらが方々で起ってましてね。こっちも必死で捜していますが、皆さんも、お子さんたちを一人で遊ばせないようにして下さい。必ず誰か大人がそばについているように。——いや、これはもちろん一般的なことで、この団地がどうってことじゃありません。ありがとうございました……」
その刑事が立ち去るのを見送って、
「何なの、今の？」
と、目を見交わす。

ただ一人、今、江口の妻の悪口を言っていた三橋千枝は、
「私、ちょっと用事を思い出して……」
と、立ち話の輪から外れたが、ほとんど誰も気付かなかった。
三橋千枝は、実際大して注目される人間ではなかったのである……。
喫茶店へ入って来る後輩の姿を見付けると、尾田は席から立って手を上げて見せた。
「――どうも」
と、内山刑事は席について会釈して、「先輩、お元気そうで」
「いや、ちっとも元気じゃない。何しろ、もう年齢だよ」
と、尾田が言うと、内山は笑って、
「そういうセリフは、尾田さんに似合いませんよ」
と言った。「――ところで、ちゃんと自分の役割は果しましたよ」
「すまん！　どうしてもお前の力が借りたくてな」

「それは一向に構わないんですが――。この江口って何者です？」
「別に指名手配中の犯人じゃない。ごく普通の――いや、普通よりずっと頭のいい、同じ棟の住人さ」
「――ああ、コーヒーを」
と、オーダーして、「今ごろどんな話になってるか、見当もつきませんが……」
「いいんだ。種さえまけば、後は勝手に育っていくだけさ」
と、尾田は言った。「しかし、何か具体的な事件に係ってる、とは言わなかっただろうな」
「もちろんです。江口某に何か疑いがかかっていることなど、一切口にはしていません」
「それでいいんだ。――ありがとう。わざわざ来てもらって大変だったね」
尾田は、自分のさめたコーヒーを一口飲んで、「ところで、みんな変りないか」
「下っ端は大して変りありませんよ。ただ、署長がこの間替ったでしょう。新しい署長がえらく若くて、口を開けば、『効率のいい捜査』と言い出して、現場は往生してます」

「そうか」

「まるで分ってないんですから。コンピューターの前に座ってりゃ、犯人が分るとでも思ってるみたいで」

もう辞めてしまった人間には、職場のグチをこぼしやすい。この内山も例外ではなかった。たちまち三十分近く過ぎて、

「――おっと、こんな時間か。じゃ、先輩」

「ああ、ありがとう。またその内、一度飲もう」

「はあ、ぜひ」

「ここはいいよ。とんでもない」

と、財布を出しかけた内山を止める。

一人残ると、尾田もここにいる理由もない。伝票を手に立ち上ろうとすると、不意

に女が一人、向いの椅子に腰をおろした。
「――もう少しお付合いして下さい」
と、その女は言った。「私、今のお二人の話、聞いてたんです。特に、江口さんのことを」
尾田は、どこかで見たことのある、その女のことを何とか思い出そうとしたが、
「――あんたは誰だね」
「お会いすれば、ご挨拶ぐらいしてるのに。お隣の棟の三橋です。いつか、ゴミのことでご相談を――」
「ああ、そうだった」
そこまで言われて、やっと思い出した。もともと、警官として、人の顔を忘れないことでは自信があったのだが、停年退職して一番早く衰えたのはその能力らしい。
「私、今の刑事さんが話しかけて来たとき、グループの中にいたんです」
と、三橋千枝は言った。「あんまりふしぎなんで、刑事さんを尾行して来ちゃった。

変ですね。刑事さんを尾行するのって」
聞いていて、尾田はつい笑ってしまった。
「面白い人だね、君は。いくつだい？」
「三十一です」
「三十一……。そうか、うちの娘と同い年だね」
「立派なお嬢さんですよね！　私なんか、主人の世話するのもいやなくらいなのに。お宅は――」
と言いかけて、口ごもる。「あの……別に私――」
「分ってる。亭主だけでなく、この頑固親父の面倒までみている。――そう言いたかったんだろう？」
「いえ、でも……まあ、大体そんなところです」
「事実だ。仕方ないよ」
と、尾田は肯いて、「君は、旦那が単身赴任してたんじゃないか？」

「そうです。子供もないのについて行かないっていうんで、ずいぶん悪口も言われました……」
「それはともかく、どうしてあの刑事の後を尾けたりしたんだ？」
「だって、あの刑事さんの話だと、江口さんのご主人が変質者だというみたいで……」
「そう聞こえたかね」
「ええ。でも、今のお二人の話を聞いて、わけが分らなくなって来ました」
「それでいいんだ」
「――どうして？」
「その前に聞いておこう。君は江口のことに関心があったんだね。どうしてだ？」
三橋千枝は、少しためらってから、思い切って言った。
「私、大嫌いなんです、江口さんって」
「嫌い？」
「ご主人の方はそうでもないけど、奥さんのことが特にいやなんです」

尾田は、三橋千枝の表情をじっと眺めていたが、
「分った。何かよほどいやなことがあったようだね」
と言った。
千枝は黙ったままだ。
「――こっちは江口の亭主の方に、ひどく腹の立つ目にあわされてね。放っちゃおけなかったんだ。それに、結果的には国のためになることなんだ」
突然、「国のため」などという言葉が出て来て、千枝は面食らったが、
「それなら、江口さん、もう誰とも口をきいちゃもらえなくなりますよ。特に、子供さんのいるお宅なんか、一緒に子供を遊ばせないだろうし……」
「そうか。――しかし、同情はしない。自業自得というやつだ」
「私も同情しません」
千枝の言葉に、尾田は笑った。
「どうだね。うちへ来て話さないか。ことによっちゃ、もっと面白くなるかもしれない」

「はい！」
三橋千枝の目は、珍しく輝いていた。——他人の不幸ほど、世の中に面白いものはない、と思っている、そういう人間の一人だったからである。

4

かなりくたびれていた和子は、玄関のチャイムが鳴っても、目をさまさなかった。
「おい、お客さんだ。——おい」
夫の久野修一に揺さぶられて、初めて目を覚ました。
「お客って……今、何時？」
「一時過ぎだ」
「こんな時間に——」
「江口さんという人だ。あの団地の人じゃないか？」

「江口さんが？――起きるわ。あなた、寝てて」
和子は急いで起き出した。
ガウンを着て、クシャクシャの髪を多少整えて居間へ行くと、
「ごめんなさい。こんな夜中に」
江口静香が立ち上って詫びた。
「いえ、いいの。――でも、何か……」
明るい光の下で見ると、静香は突然十歳も老けたように見えた。ただごとではない。
「和子さん。主人がどこにいるか、知らない？」
そう訊かれて、和子は面食らった。
「ご主人が……」
「知ってれば、教えてくれるわよね。ごめんなさい」
急に緊張の糸が切れたように、静香が泣き出したので、和子はびっくりした。
しかし、それは一瞬のことで、静香はすぐに涙を抑え、

「ゆうべから帰ってないの。心配で会社にも電話したんだけど……」
「何て言われた？」
「辞めた人間の行先まで分らない、って」
「会社、辞められたの？」
「知らなかったのよ、私。――このところ、色々あって、辞めるしかない、とは私も分ってたんだけど……」
「でも――あんなに優秀な技術者で、よく働いてらしたじゃない。何があったの？」
夫がお茶をいれて持って来た。
「まあ、すみません」
「いいんですよ。和子からよくお噂は」
「噂……。噂だったんです、始めは」
と、静香の額が曇った。「いえ、その前から……ご近所の人たちの視線が妙に引っかかって。何とも言えない、人を憐れむような目で見るの。主人も首をかしげていて、でも全然心当りがないの。その内――亜美の通ってた幼稚園から、もう来させないでくれって言って来たの。何の説明もなしに」

「ひどい話ね」

「もちろん、おとなしく引っ込んでるわけにいかないわ。私、幼稚園へ押しかけて、『留守だ』という事務の男性を突き飛ばして園長室へ入った。もちろん、園長は在室していて、私がわけを聞かせてくれ、と要求すると、渋々口を開いた。――話を聞いて、耳を疑ったわ」

静香は首を振って、「主人が――小さい子供にいたずらをするって……」

「ええ？」

「あの近辺で起ってる、子供相手の変質者のいたずらが、主人のしたことだと……」

「どうしてそんな――」

「噂なの。ともかく団地中で噂になっていて、その幼稚園へ子供を通わせている母親が何人も、『あそこの子が通って来るのなら、うちの子はよそへ移します』と言って来ているんですって。それで幼稚園としては——というわけ」

「そんな馬鹿げた話……」

「もし本当に主人が犯人なら、とっくに捕まってるだろうし、そんな根拠もはっきりしない噂のせいで、子供に幼稚園をやめろなんて言えない、って抗議したけど、園長はともかく逃げるばっかり……」

静香は、思い出すだけでも腹が立つ様子だった。「娘も遊び相手がいなくなるし、却って可哀そうだ、と言われて。——ともかく、正面切って大ゲンカしても仕方ないので、一旦帰ったの。その夜、主人に……」

「知ってるよ」

と、江口は言った。

静香は愕然として、

「あなた、どうして……」

「その内、噂が立ち消えになるかと思って、君に言わなかったが……。十日くらい前かな、帰って来たとき、この下の道でボールが足下へ転って来た。拾って、『はい』と駆けて来た女の子へ渡してやると、その母親が血相変えて飛んで来て、『その人と口をきいちゃだめ！』と叫んで、子供の手を引っ張って行ったんだ。——それで初めて噂のことを知ったんだよ」

「でも……どういうことなの？」

静香の声が、さすがに震えた。

「分らないよ。——一体、どうしてそんな話が広まったのか」

——夜の寝室だった。

話さなければ、と思いつつ、静香はどう切り出したものか、考えあぐねて、結局、明りを消した寝室で、やっと口を開く勇気が持てたのだ。

「僕は広田さんから聞いたんだ。あのご主人は心配してくれてたらしくて、こっちが切り出す前に話してくれた」

「どうしてそんな噂が広まったのか、広田さんは知らなかったの？」
「うん。奥さんから聞いて、滅多なことを言うもんじゃない、と叱ったと言ってたが。噂の出所がどこなのか、知らないってことだった」
「それにしたって、ひど過ぎるわ！」
「幼稚園にまで話が行ったのか……。放っちゃおけないな」
「でも、どうするの？」
「さあ……。警察だって、こんなこと、取り上げてくれないだろうな。ともかく——弁護士にでも相談してみるか」
「だけど——亜美のこと、どうするの？　幼稚園があくまでやめてくれと言ったら……」
「大人同士の争いで、亜美がいじめられでもしたら大変だ。——はっきりするまで、休ませたらどうだ？」
気は進まないが、静香も夫の言葉に肯くしかなかった。

「でも、亜美にどう話す？――おばあちゃんの所へでも少し行ってみようかしら」
「ああ、それがいい。――ここにいれば、亜美も何か言われないとも限らない」
「そうね……」
静香の母が、千葉の方に住んでいる。そこへ何日か泊って、必要なら預けておくこともできる。
「だけど……信じられないわ」
と、静香は暗い天井を見上げながら、「私たちのこと、そんなに悪意を持って見ている人がいるなんて！」
「やり切れないな」
その声に、静香は夫らしくない「諦め」の印象を受けたのだが、ただ疲れているだけなのかと思って、その夜は眠った。
しかし、おそらくその夜、江口は一睡もしなかっただろう……。

「ごめんなさい」
ふっと気付いた様子で、江口静香は言った。「明日、運動会でしょ、薫ちゃん」
「ええ……」
正確には今日だ。——十月十日。体育の日である。
「早く起きなきゃいけないんでしょ。——すみません、こんな時間に」
と、静香が久野修一へと謝る。
「そんなこと！」
と、和子は強い口調で言った。「一晩くらい寝なくても平気。——私、どうせ役員なんで、明日が終るまでは緊張してるの。話して。ご主人はどうして……」
静香は、深くため息をつくと、少し間を空けた。とてもすぐには続けられないようだった。
「——私が初めて主人とその話をした日、主人は会社から異動の辞令を受けていたの」
「異動？」

「ええ、それが……。技術畑で、責任のある地位にいたのに、突然在庫管理の事務の仕事へ行くように言われたっていうの」
「それって……」
「辞めろということでしょう。——主人も初めはただのリストラだと思って、迷っていたらしいの。でも、そうじゃなかったのよ。あの噂が、会社の上司の耳に入っていたってことが分ったの」
「それが理由？　ただの噂が？」
「——母の所から電話して、何日めかにやっと主人はそのことを話してくれたの。私、急いで亜美を母に預けて家に戻ったわ。何としても、その噂の出所を確かめようと思ったの」
　和子にも、静香の気持はよく分った。
「それで何か分ったの？」
「——主人は、自分で上司に話をして、何とか誤解だと分ってもらう、と言って出社して行ったわ。私は団地の奥さんたちを片っ端から訪ねて、誰からその話を聞いたか、問い詰めて行ったの」

と、静香は言った。「その内、何人かの話で、初めは刑事さんが主人のことを訊きに来たんだって分ったの」

「刑事？――警官が？」

「ええ。もちろん、どこの何という人かは分らないけれど、その刑事さんが、主人と近所での子供へのいたずら事件と係りがあるようなことを言ったらしいの。それがきっかけで、団地中に広まったのね」

和子は恐ろしくなって、その先を促すことができなかった。

「――それが分かっても、事態は良くならない。結局、ゆうべ主人は帰らず、今日会社へ電話して、初めて主人が辞めたと知ったわ」

静香は怒りで顎が細かく震えている。「私、主人の会社へ出かけて行った。そして、主人の上司に会って、誰からその噂を聞いたのか訊き出したの」

静香は手にしたハンカチをクシャクシャにして、
「――女だってことだったわ」
「女？」
「名前は分らないけど、あの団地の住人で、主人が変質者だと一人でしゃべりまくって行ったと……」
「――それだけのことで？」
「警察が疑ってるという話で、会社の方でも、何とかしようってことになったと言っていたわ。でも、きっと本音は主人くらいの年代の社員をリストラしたがっていたところへその話が舞い込んで、飛びついたんでしょうね。そうでもなければ、名前も告げない女の言うことなんか、信用するわけがないわ」
「その女って誰なのかしら」
「分らないわ」
と、静香は首を振って、「見当もつかない。ただ……」

と言い淀んだ。

「――ただ？」

「主人の上司の話だと、その女が、話の最後にね、こう付け加えたんですって。『何しろ、祝日なのに、日の丸もあげないような人なんですから』って……」

5

晴れ渡った空に、開会を告げる花火が鳴った。

ドン、ドン。――鼓膜を震わせる響きに、折りたたみ椅子を必死で並べていた和子は一瞬手を止めて空を仰いだ。

青空を黒い煙が風に流されていく。

「――父母の皆様は、白いロープの外側の席へお着き下さい」

と、アナウンスの声が運動場に響いた。

朝六時過ぎに出て来て準備を担当していた和子は、流れ落ちる汗を拭う暇もなかった。

「久野さん！」

と呼ばれて、

「はい！」

と、急いで駆けて行く。

不慣れなトレーナー姿で、却って動きにくいが、仕方ない。

「椅子はもういいわ。あなた悪いけど、テープのボタンを押して」

「テープですか」

意味がよく分らない。

「本部へ行けば分るわ。理事の方の接待に、思ったより人手を取られたの」

「はい。本部へ行けばいいんですね」

「そう。すぐ行って！　もうじき始まるわ」

「分りました」

役員といっても、母親たちのやることで、しかも指示を出す立場の母親は、勤めの経験がないか、勤めを離れて長い人ばかりなので、あちこちで混乱があった。

しかし、和子は一年生の母親で、いわば「平社員」だ。言われる通りに駆け回るしかない。

〈本部〉という文字の入ったテントの中へ入ると、

「あ、久野さん、こっちこっち」

と、手招きされ、「――このカセットのね、再生ボタンを押して」

「押せばいいんですか？　いつ？」

「決ってるじゃないの！　アナウンスが〈国歌斉唱〉って言ったら押すの」

決ってる、と言われても、何も聞いていなかったのだ。

「じゃ――これ、〈君が代〉のテープなんですね」

「そうよ。お願いね。タイミング、間違えないで」

「はい……」

ポケットに入れたタオルを出して、顔の汗を拭く。

——何のことはない。五、六年生の母親たちは、校長や理事のいるテントへと行ってしまい、何やらおしゃべりをしている。

「間もなく開会式です。父母の皆様は席にお着き下さい」

と、アナウンスが呼びかける。

和子は、初めて運動場を見渡す余裕ができた。そして、〈本部〉のテントから、一年生の生徒たちと、その後ろに座る親たちがずいぶん近く見えるのに気付いた。

一年生の中に、薫の姿が見えて、和子は思わず手を振ったが、薫は友だちとふざけ合って笑っている。

親の席の一番前に、夫の顔が見えた。

父親はたいてい遅く来るのだが、和子が朝早く出たので、久野が薫を連れて来たのだ。

和子は、久野の方へもちょっと手を振って見せた。久野は気付いて手を振り返してくれたが――。

「くり返します。間もなく開会式が始まりますので……」

アナウンスが告げている。

〈国歌斉唱〉というのは、どの辺に入るのだろう？　当然、初めの方には違いないが。

和子は、肝心のプログラムをもらっていないことに気付いた。校門の所で来場する父母に手渡されているはずだが、当の役員たちの手もとには配られていないのである。

素人のやることはこんなものだ。

和子は、生徒たちが一旦立ってゾロゾロと運動場の外へ出るのを見ていた。薫の姿は、たちまち大勢の同じ体操着の子供たちの中に紛れてしまった。

全生徒が一旦、運動場の外へ出て、一年生から入場行進して来るのだ。――ファンファーレが鳴って、続いて行進曲が鳴り渡ると、生徒たちが入場して来た。

父母席から拍手が起る。――特に先頭の一年生は本当にまだ小さい。

和子も手を叩いて、わが子が真剣な顔で行進して行くのをしっかり目に止めた。

子供の数が少なくなっているとはいえ、この私立校などは、むしろ入学させるのに苦労することで知られている。和子は、わが子に特別の「受験教育」はしていなかったが、生来おとなしい薫の性格が、学校側に気に入られたのだろう。

「――続いて二年生の入場です」

アナウンスが告げる。

和子は、ともかくこれが終るまではボタンを押す必要がないと分って、少しホッとしていた。

ふと、目が夫へ向く。――入場して来る生徒たちに手拍子を取っていた久野は、急に手を止めた。

和子は、夫がポケットを探りながら席を立つのを目にして、不安になった。

夫が、携帯電話を持って来ていることを知っていたからだ。――江口静香から、何かあったら連絡が入ることになっているのである。

まだ入場行進は大分時間をとる。

和子は、〈本部〉のテントに他の役員が一人もいないのを見て、急いでその場を離れて駆けて行った。

父母席の裏へ出た久野が、やかましく行進曲の響く中、携帯電話で話をしているのが見えた。

「――分りました。――伝えます。本当にどうも……」

と、通話を切って、久野は和子に気付き、

「大丈夫なのか、ここにいて」

「入場がすむまでは大丈夫。――江口さん？　何て言ってた？」

久野は難しい表情で、

「奥さんが、運動会が終るまで君には黙っててくれと言ってた」

「それって――」

「江口さんのご主人が亡くなった。自殺だ」

と、久野は言った。「辞めた会社のビルの屋上から飛び下りたそうだ」

和子の膝が震えた。
「あんなに頭のいい、しっかりした人だったのにな。——奥さんが、君に伝えてくれと言ってた。君が負い目を感じることはない、って」
「そんな……」
和子は、呆然と立ちすくんで、行進曲や手拍子が、どこか遠い壁の向う側を通って行くのをほんやりと聞いていた。
「——おい、もう六年生の入場だ」
と、久野が我に返って、「戻った方がいいんじゃないのか？」
「ええ……。戻るわ」
「今は、薫のことを考えろ。——な。運動会だ。役員なんだぞ」
運動会。——そう、運動会の日にだって死ぬ人はいるのだ。
「じゃ、後で」
「うん。昼休みも用事だろ？　俺がちゃんと薫に食べさせる」

「お願いね」

途中のことなど憶えていない。——和子は気が付くと〈本部〉のテントの中に戻って、校長の言葉が遠くにこだましているのを聞いていた……。

江口の会社へ行った女が誰なのか、和子にも分らない。しかし、噂を流し、江口を辞職へ追いやり、死へと向わせたのが父、尾田徹治だということは、はっきりしていた。

どうして……。どうして、こんなことになってしまったんだろう？

「では——」

拍手の後、アナウンスの声が言った。「〈国旗掲揚〉、並びに〈国歌斉唱〉。ご起立を願います」

ザワザワと音がして、父母も生徒も、そして先生たちも立ち上る。

「全員、国旗へ向って下さい」

と、アナウンスが言って、「〈国歌斉唱〉」

——ボタンを押すのだ。

このボタン。これを押す。今、押すのだ。
和子の指が震えた。
押したくない！　いやだ！　いやだ！
間が空いた。不自然に長い間。
戸惑いの気配があった。そして――。
和子の指はボタンを押していた。
〈君が代〉が運動場に流れ、ホッとした空気が漂った。
その歌に合せて、ポールに日の丸が上って行く。
和子は、じっと手もとのテープが回っているのを見下ろしていた。
和子は歌わなかった。固く口を閉じていた。
――この役回りに当ったことは、救いでもあった。
もともと立っているから、「起立」したわけでもない。テントの中、一人きりだから、歌っていなくても誰にも分らない。

でも来年は？――来年はどうしたらいいのだろう？

日の丸がポールを上り切った。

風がほとんどないので、日の丸は力なく垂れているだけだ。

〈君が代〉が終り、

「着席」

と、アナウンスが告げた。

和子は、テープを止めた。

汗が、その手の甲にポトリと落ちる。

「久野さん！」

と、役員の一人がテントへ入ってくると、「テープ、遅かったじゃないの！」

と叱りつけるように言った。

「すみません」

「冷汗かいたわ！」

「ボタン押したんですけど、動かなくて、やり直したんです」
「ああ、そう。もう古いのね、機械が。来年は買い替えた方がいいわ」
「――生徒は駆け足で、各々の席へ戻って下さい！」
と、アナウンスが言うと、「儀式」が終った。
子供たちがそれぞれのエネルギーを発散しながら、各自の席へと一斉に駆けて行く。
「――プログラム〈1番〉。五、六年生のリズム体操です」
始まった。
「私、競技の準備があるので、行っていいでしょうか」
と、和子は言った。
一刻も早く、あのテープから離れたかったのだ。
「ええ、ご苦労様。しっかりね」
「失礼します」
和子は〈本部〉のテントを出た。

今は――今はともかく、運動会を無事に終わらせることだ。
自分へそう言い聞かせて、和子は走り出した……。

6

疲労以上の疲労が、足どりを鉛のように重くさせた。
夕日が空を赤く色づかせて、空全体が巨大な一枚の紅葉のようで、それは今にも落ちてくるかと思える。
和子は足を止めた。
父が、棟の表に立って、建物の方を見上げている。――あの日。悲劇が始まったあの日と、時刻こそ違え、よく似た場面だった。
「――お父さん」
いざとなると、割合に楽に言葉が出て来た。

「おお、来たのか」
振り向いた尾田は、いやに上機嫌だ。「今日は、坊主の運動会だったんだな。行けなくて悪かった」
「いいのよ」
「どうだ？　ちゃんとやってたか。坊主は？」
「かけっこで二着になったわ」
「そいつは偉い！　来年は一着だな。そうでなきゃ男とは言えん」
「お父さん――」
「見ろ」
と、尾田が指さした。「ベランダを見てみろ」
視線は足もとに落ちていた。和子は初めて棟のベランダ側を見上げた。
そこには――ズラリと日の丸が並んでいた。
大小はあるが、どのベランダからも、旗ざおが突き出て、日の丸がゆるやかな風に広がったり波打ったりしている。
「どうだ！」
と、尾田は満足げに、「美しいだろう！　全部の部屋で日の丸の旗を出したんだ。一戸残さず、全部だぞ！　みごとなもんだ。そう思わないか？」
団地の一棟全部が国旗をあげる。――それは確かに珍しい光景には違いない。
「私はそう思わない」
と、和子は言った。「気味が悪いわ」
尾田は怒りもせずに笑って、
「ひねくれた奴だ」
と言った。
「どうやってみんなを脅したの？」
「何だ、人聞きの悪いことを言うな」
「だって……」

和子の目は、六階の一つのベランダへと留った。「少なくとも、〈602〉のベランダに旗が出てるのはおかしいわ」
「江口の所か？　やっと俺の言うことを聞く気になったのさ。俺の古いのをやった」
「そして、ベランダに出したの？　幽霊が日の丸をあげたわけ？」
和子は棟の中へ入ると、足早にエレベーターへ。
「――和子！　どこへ行くんだ！」
父の声を無視して、和子はエレベーターで六階へと上った。
〈602〉の江口の部屋のドアを開ける。鍵はかかっていなかった。
「どう？」
女の声がした。「うまくできたでしょ？　私だって、旗を出すくらいのこと――」
ベランダから入って来た女は和子を見て言葉を切った。
「あなた……三橋さんね」
と、和子は言った。「ここは江口さんのお宅よ。何をしてるの？」

「見たら分るでしょ。日の丸の旗を代りに出してあげたのよ。お留守だから」
「勝手に人の部屋へ入って？」
「頼まれたのよ。代りに出しといてくれって」
と、三橋千枝は澄まして言った。
「そんなわけないじゃないの！」
と、和子は怒りで顔を真赤にした。
「怖いわね。どうしてあなたがそんなに怒るの？　あなたのお父さんのためにやってあげたのよ」
その、人を小馬鹿にしたような笑顔を見て、和子には分った。
「あなたね。――江口さんのことで、会社に行って、でたらめを並べたのは」
「どういう言い方？　私は義務を果しただけよ。――ねえ？」
千枝が、和子の肩越しに声をかけた。
尾田がやって来たのだ。

「和子。――この人に当るな。俺のためにやってくれたことだ」
「お父さん……。江口さんは自殺したのよ」
尾田は目を見開いた。
「――本当か」
「お父さんが流したひどい噂のせいで、会社を辞めなくちゃいけなくなって。自分が何をしたか、考えてみたら？」
千枝が素早く尾田のそばへ寄ると、腕を絡めて、
「放っといて。――娘なのに、お父さんに逆らってばかりいるのね」
「お父さん……」
和子は愕然とした。
目をそらした父の様子で、三橋千枝との仲ははっきり分った。
「――和子。もう毎週来てもらわんでいい」
と、尾田が言った。「この人がやってくれるんでな」

「ええ、毎日ね」
千枝は尾田にぴったりと寄り添った。
「良かったわね」
和子は、急に体の力が抜けるような気がした。「でも、この部屋だけは、日の丸を引込めさせてもらうわよ。亡くなった人への、せめてもの供養だわ」
和子はベランダに出て、旗ざおを外し、旗を巻いた。
「――さあ、持って行って」
と、父へ渡すと、「人の部屋へ勝手に上るなんて！　以前ならそんなことしなかったでしょう」
千枝は尾田の腕を引張って、
「行きましょう。もう他人だと思うのよ。親子なんて、冷たいものだわ」
と、部屋から連れ出して行く。
一人、〈602〉に残った和子は、しばし動く力もなく、ふと気が付くと、もう部屋の中は暗くなっていた。

「――辛かったな」

と、久野が言った。

暗い、夫婦の寝室。

汗ばんだ肌が、少しずつ冷えていくのが、快かった。

和子は掛け布団を顔まで引張り上げると、

「聞いたわ」

と言った。「あの棟の中の、親しかった奥さんの所を訪ねて、決して他の人に言わないから、と約束して」

「その女が……」

「三橋千枝っていうのよ。ご主人がいるのに。もともと、あの団地の中でも友だちというもののいない人だったの。それが、父が元の同僚に頼んだんでしょう、江口さんのことを変質者だと思わせるようなことを言わせたのをどうしてだか知って、父に近付いたんだわ」

「それにしても……」

「あの棟の人に言って回ったそうよ。『江口さんの所は、この前の祝日に日の丸を出さないで、尾田さんと言い合いをした。それで江口さんはクビになったのよ』と。——今、あの世代のご主人たちは、口実があれば職を追われるかもしれない立場にいるわ。みんな争って日の丸を買って来て、十日の朝にベランダへ出したって……」

「お義父さんを喜ばせるためか」

「きっかけはそうだったんでしょうね。でも三橋千枝は、今まで相手にしてもらえなかった仕返しをしたんでしょう。——何か言い返したくても、『尾田さんは元刑事なのよ』と、父のことを持ち出して。——警察ににらまれたら怖い、と誰でも思うわ」

久野はため息をついて、

「江口さんも気の毒に。運が悪かったな」

「ねえ……。でも、父の責任だわ。私は父が赦せない」
「奥さん、どうするって？」
「ご主人のお葬式は身内だけでやって、引越すって。――あの奥さんなら、働く所はあるでしょ」
「そうか。そうやって忙しくしてる方がいいな」
「亜美ちゃんもいるんだもの。いつまでも泣いていられないわ」
「――何か力になれることがあれば言ってくれ。僕じゃ、大したことはできないが」
「あなた……」
和子は、夫の手を握った。「ありがとう」
少し間があって、
「これから、どうするんだ」
と、夫が訊く。「お義父さんの所へ通わないのか」
「あの女がやるわよ。――少なくとも、父のことを持ち出して、あの辺で威張っていられる限りは」
「だけど、いつまでも面倒をみてくれるとは限らないじゃないか」
「父が自分でそう決めたのよ。――私は知らないわ」
しばらく沈黙があった。
「もう眠った？」
「――いいや」
「中学二年のときだったの」
と、和子は言った。「父がね、『女は得だ』って言うのを聞いたの」
夫が顔を向ける。
「――小さいころの私は、父のことが自慢だった。家のことなんか放っぽらかしの人だったし、よく母を泣かせて、それはいやだったけど、『お父さんは悪い人を捕まえてるんだ』と思うと、他の子にも自慢してやりたくなったものよ」
「そうか」

「中学二年のとき、女子大の三年生の、とても感じのいい人が家庭教師に来ていたの。ほんの何か月かの間だけ、ということでお願いしていたんだけど、色々話し相手になってくれて……。その先生がね、うちから帰る途中、ファミリーレストランで食事をしたとき、たまたま若い男の人との合席になったの。人当たりのいい、面白い人だったらしい」

和子は無意識に眉をきつく寄せていた。

「レストランを出て、『駅まで少し寂しい所もあるから一緒に行こう』と、その男の人に言われて、先生も十五分くらいのことだからと一緒に歩くことにしたの。ところが――途中、小さな神社があるんだけど、そこまで来ると突然その男が刃物を出して先生を脅し、神社の奥へ連れ込んで、強姦したの」

「ひどい話だな」

「先生は泣き寝入りしなかった。すぐ駅前の交番へ駆け込んで、犯人は二、三日して捕まったわ。私の所へ連絡が入って、私はもう……体が震えて止らなかった。自分の手で犯人を殺してやりたいとまで思ったものよ」

和子は息をついて、「――男の方は『合意の上だ』と平然としてたっていうんだから。結局、先生の訴えが認められて、男は刑務所行きになったけど、私は、刑があんまり軽いんで、腹が立って仕方なかったの。――その夜、父が遅く帰って来て、母とその話をしていた。私はなかなか寝つけなくて、起き出して居間を覗くと……父が、一人で写真を眺めてた。私と、その家庭教師の先生で一緒にとった写真だったの。父がそれを見てちょっと笑うと、ひとり言を言ったの、『処女のわけがないじゃないか。女は得だ』って……」

しばらく間が空いて、

「――私の中で、父への尊敬も誇りも、いっぺんに崩れて行ったわ。父がどういう人間なのか、そのとき分った」

夫の手が和子の手を握る。

和子は夫の胸にすがりつくようにして目を閉じた。

「――もう忘れるんだ」
と、夫が言った。「世の中には、そういう男も、そうでない男もいるよ」
「分ってるわ」
和子は夫の胸に顔を埋めた。
それからなお一時間近くたって、和子はやっと眠ることができた……。

7

買物から帰ると、電話が鳴っていた。
子供が私立校へ電車で通っていると、つい何かあったのかと思ってしまう。
和子は急いで駆けつけると受話器を上げた。
「――はい、久野でございますが。――もしもし?」
少し間があって、

「和子か」
ポツリと久しぶりの声が言った。
「――お父さん。どうしたの？」
と、息をつく。
「いや……。どうしてるかと思ってな」
「元気よ。薫もね」
「そうか。それならいいが」
もう二か月、父の所へ行っていない。十二月に入って、何かと学校の用も多くなっていた。
「――どうしたの？　具合でも悪いの？」
父の声に、生気がない。
「和子……。来てくれないか」
ぶっきら棒な言い方だった。

「三橋さんはどうしたの？」
と訊くと、尾田は黙ってしまった。
「――もしもし？　お父さん、聞こえてる？」
「うん」
「どうしたのよ？　はっきり言ってくれないと――」
「もういい」
唐突に電話は切れてしまった。
「――何よ！」
と、電話に八つ当りしてみたものの、買った物を冷蔵庫へしまったりしている内、心配になって来た。
あの父が自分から電話して来るのだから、よほどのことだろう。――むろん抵抗はあるが、放っておくのも心配になる。
夫へ電話を入れると、

「分った。今日は五時で帰るようにする」
「ごめんなさい。じゃ、あなたの帰るのを待って、父の所へ行ってみるわ」
薫が電車で帰ってくるのを駅まで迎えに行かなくてはならないし、家に一人にしておくわけにもいかない。
夕方、和子は駅へ行って、いつもの電車で帰って来た薫を出迎える。
家へ帰って、夕食の仕度をしていると、久野がびっくりするほど早く帰って来た。
後を任せて、和子はコートを着ると、もう真暗な表へと出て行った。

「――お父さん」
玄関のドアを開けて、中へ入ると、和子は思わず顔をしかめた。
生ゴミの匂いが立ちこめている。
明りをつけ、上ると、布団がめくれてそのままになっていた。
「お父さん？」

父はいなかった。
その代り、汚れた食器が山になった台所、溢れているゴミ箱など、掃除をずいぶん長いことやっていない様子だった。
「ひどい……」
と呟いたものの、あまり同情する気にはなれなかった。
しかし、このままにして帰るわけにもいくまい。——和子は、コートを脱ぐと、ともかくまずゴミを大きな袋へ入れて、出してくることにした。
一度ではすまず、二度に分けてゴミを捨て、戻ってくると、父が畳にあぐらをかいて座っていた。
「お父さん！　心配するじゃないの」
と声をかけると、なぜか青ざめた尾田は、
「——お前か」
と言った。

「寒いのに、ストーブもつけないで。――寝込んでたの？」
「ああ……。転んでな。しばらく起きられなかった」
「そう。――ストーブ、つけるわ」
大方、そうなると三橋千枝も面倒をみるのがいやになってしまったのだろう。
和子は、洗濯機を三回も回し、掃除をし、台所を片付けた。
父の姿に、全く生気がないのは気になっていたが、今日はこれで帰ろうと思った。
三時間も夢中で働いて、もう十時近い。
「今、コンビニで何か食べるもの、買ってくるわ」
と、和子は言った。「また……来た方がいいの？」
「そうだな……」
詳しくは訊かなかった。やがてご近所の話も耳に入るだろう。
和子は冷蔵庫も空っぽなのを見て、
「じゃ、買物に行って、すぐ戻るわ」

と言って玄関へ出た。
「――和子」
父が大きな声で呼んだ。
「なあに？」
と振り向くと、
「いや……。すまんな」
父の声はまた勢いがなくなった。
和子は玄関を出ようとドアを開けて、思わず声を上げそうになった。
「失礼します」
と、その男は言った。「内山と申しますが……」
「ああ、内山さん。娘の和子です」
「これはどうも……」
と、父の元部下は会釈して、「先輩はおいでですか」

「おります。――お父さん！　内山さんよ」
父がのっそりと姿を見せて、
「何だ。久しぶりだな……。上れよ」
「それが……」
内山は口ごもったが、一つ息をつくと、「尾田徹治さん。三橋千枝さんを殺害しましたね」
と言った。
和子は唖然として、
「今、何とおっしゃったんです？」
「先ほど、三橋千枝さんが絞殺死体で発見されました。――尾田さん。あなたですね」
尾田は黙って肯いた。内山は続けて、
「ご同行願えますか」
と言った。

「うん……。和子、すまんが着替えさせてくれ」
和子は震える膝で、立っているのがやっとだった――。
下着から全部替えさせて、コートを着せる。
「――待たせたな」
「いいえ」
「しかし……ずいぶん早かったな。明日までは発見されないと思ったんで、明日自首して出るつもりだった」
と、尾田は言った。「どこから通報が？」
「ありません」
「それじゃ……」
「三橋千枝と電話で言い争われたでしょう。『殺してやる』とおっしゃって。――やりかねないと心配になって、見に行かせたんです。近くの交番の者に」
「電話で？　しかし、どうして知ってる？」

と、尾田は当惑していたが、やがて顔が真赤になった。「――通話を聞いてたのか？　ここの電話を盗聴してたのか？　どうしてだ！」

内山は苦笑して、

「尾田さんも警官だったんだ。分るでしょう。警察の一番知られたくないことを知っているのは、元警官ですからね。あの一件以来、ずっと聞いていたんです」

尾田は愕然としていた。連行されることより、電話を盗聴されていたと知ったことの方がショックだったようだ。

「お父さん……」

「和子。――坊主を大事にな」

と、尾田は出ようとして、「それに、亭主にも、よろしく言ってくれ」

と付け加えたのだった。

「取調べの途中、窓から身を投げて……」

内山刑事は、首を振って、「気を付けていたんですが……。申しわけありません」
――灰色のアスファルトに、父は倒れていた。
駆けつけた和子は、それが父だと確かめるために、覆った布をめくる気にもなれなかった。
通り過ぎていく人たちが、チラチラと見ていく。
「これは、どなたが？」
と、和子は訊いた。
「というと？」
「この日の丸を父へかけて下さったのは……」
内山が戸惑って、
「いや、食堂の誰かがテーブルクロスを……」
和子も、初めて気付いた。
日の丸ではないのだ。白い布に、血がにじんで、それが日の丸に見えたのだった。

しかし、それはそれで、ふしぎな光景だった。

「お父さん」

と、和子は呟いた。「これで、満足？」

涙が頬を伝い落ちていくのにも、和子は気が付かなかった……。

洪水(こうずい)の前

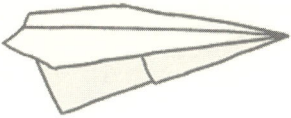

1

飛行機に乗っているときには気付かなかったが、タクシー乗場へスーツケースを転がしながら出てみると、かなり強い雨が降っていた。

街灯の光の中に、カーテンが揺れるように波打って降りしきる雨が白く光っていた。

タクシーに乗り込んで行先を告げると、何となく、

「日本も梅雨か」

と呟いた。

車を出しながら、運転手が、

「この前の週末に梅雨入りしたんですよ」

と言った。

「そうか」

運転手が日本語を話すという当り前のことに、ちょっと感動した。東南アジアへの出張は三か月にもなって、タクシーでは現地の言葉で行先を分らせるのに散々苦労したのだ。

やっぱり日本語が通じるのはいい！

三田村肇は大きく息をついて、快適なシートに思い切り身を任せた。

「今は……」

腕時計を時差の分、直していなかったことに気付いた。しかし――たぶん今は夜の七時ごろ。家には八時過ぎに着くだろう。

ケータイを取り出して、妻のケータイにかけたが、つながらない。――帰りの飛行機の時間はメールで知らせたが、返信はなかった。

出張が山地で、ケータイがほとんど使えなかった。もちろん、途中何度か都会に出たとき連絡は取っていたが……。

まあいい。あと一時間余りで、妻の真由と息子・吾郎の待つ我が家へ帰り着くのだ。

安堵したせいだろう。三田村はタクシーが走り出すと、十分もしない内に眠り込んでしまった。

そして――。

「この道でいいんですか？」

運転手の声で目が覚めた。――え？　この道でいいかって？

どこだ、ここ？　窓は打ちつける雨で視界が悪い。

「――ああ、分った」

目印になるスーパーが見えて、「うん、このまま真直ぐ行ってくれ」

と言って、大欠伸をした。

三田村の住いは二十数階建の棟が立ち並ぶ、高層マンションの団地である。民間のマンションなので、ちょっとした町のような造りの高級住宅地になっている。

そこまでの道は少し寂しい。しかし、団地と駅前商店街を結ぶバスがかなり頻繁に往復しているので、不便はない。

――もう少しだ。

三田村は、車のトランクに入れたスーツケースの他に、パスポートなどを入れた小ぶりのバッグを持っていた。

あの出張先ではお土産と言えるほどの物は売っていない。ちょっとしたアクセサリーを真由に買って来たが、お洒落にうるさい真由のことだ、「何、これ？」と呆れられるだろうと分っていたが、まあ気持の問題だ。

前方からバスが走って来るのが見えた。

いつものバスかと思ったが、そうではないようだ。大型のバスだ。珍しい。

横断歩道があって、赤信号でタクシーは停った。対向車線のバスも停っている。

何だろう？

バスの中は明りが点いていて、子供たちが乗っているのが分る。立っている子も、中を歩いている子もいた。

大人の姿が見えない。子供たちだけが、こんな時間に？

信号が青になった。タクシーとバスが同時に動き出した。——そのときだった。
バスの前方の窓にベタッと張り付くように姿を見せたのは——吾郎だった。
「え？」
思わず声を上げたが、アッという間にバスはすれ違って行ってしまった。
あれは……本当に吾郎だったろうか？
よく似た子を見間違えただけなのか。しかし、何と言っても我が子である。
だが、どうしてあんなバスに乗ってるんだ？　それも——見えた限りでは子供だけで。
そんなことがあるわけはない。そうだ、きっと他人の空似か、それとも三か月も見ていなかったので、吾郎のように見えたのだ。同じくらいの年ごろの子が……。吾郎は今、十二歳。小学校の六年生である。
部屋の玄関のチャイムを鳴らしたが、鍵はもちろん持っている。

返答のある前に、自分で鍵を開けた。ドアを開けると、真由が走るような勢いで玄関へ出て来て、三田村の姿を見るとピタリと足を止めた。

何だか普通ではない様子だった。目を見開き、じっと三田村を見つめている。

「ただいま」

とりあえず、そう言ってスーツケースを中へ入れる。「――どうかしたのか？」

どこか、切羽詰ったような表情の妻に、三田村は不安になった。

「あなた……帰ったの」

と、真由はポツリと呟くように言った。

「メールで知らせただろ？」

三田村は靴を脱いで上ると、久しぶりの我が家に、少し戸惑った。

「お帰りなさい……」

真由が気の抜けたような声を出した。

相変らず狭苦しく、散らかった居間を見渡すと、三田村は、真由の方を振り向いて、

「おい――」
「あの子かと思ったの」
と、真由は言った。「あの子が戻って来たのかと……」
「何だって？――吾郎がどうしたんだ！」
やはりさっきバスで見たのは……。
「行ったの」
と、真由は言った。「ついさっき、バスに乗せられて……」
「行ったって……。どこへ行ったんだ？　どうしてあいつが一人で……」
すると、真由がふしぎそうな目で夫を見て言った。
「疎開なの」
「――何だって？　今、『疎開』って言ったのか？　昔の戦争のとき、爆撃を避けて子供たちを地方へやった……。あの疎開のことか？」
「ええ。あなた……知らないの？」

三田村はわけが分らず、ソファに座り込んだ。

2

「そんなことになってたのか……」

まだ半ば呆然として、三田村は呟いた。

三か月。――たった三か月の間に、「いつ戦争になるか分らない」と、日本では大騒ぎになっていたというのだ。

確かに、日本からほんの少ししか離れていない某国がミサイルの発射実験をくり返し、それが「もし日本に落ちて来たら」と言われていたことは、三田村も知っている。しかし、ミサイルが「たまたま落ちて来るかもしれない」というのと、攻撃して来るのとは全く別の話だ。

三田村は居間のテーブルに重ねてあった新聞を広げてみて驚いた。まるで明日にも戦争が始まりそうな報道ばかりだ。
「校長先生の名前で、三日前に緊急父母会を開くって連絡があって……」
と、真由は言った。「本校の生徒をミサイルの危険から守る、とおっしゃって……。六年生を全員山間部の寮へ疎開させるということになったの……」
「そんな……。俺はそんなこと聞いてないぞ。親が了解してないのに？」
「私もいやだったわ。あの子、今まで一人で旅行なんてしたこともないし。でも……集まったどの親ごさんたちも、校長先生のお話に感激して……。とてもいやですなんて言える空気じゃなかったのよ」
吾郎が通っているのは、私立の名門と言われる学校で、小学校から大学までつながっている有名校だ。三田村の家計から言えば、かなり無理をして入れたのだが、吾郎は勉強もできて、楽しそうに通っていた。
「それでさっき、バスが迎えに……。この近くの子たちを集めて乗せて行ったの」
真由は力なく肩を落としていた。

「そうか……。しかし……まあ、学校が責任を持ってくれてるんだ。大丈夫だろう」
と、三田村は言ったが、明日にでも学校へ電話してみようと思っていた。
そもそも、この新聞の報道は異常だ。いくら三か月日本にいなかったとはいえ、三田村は何度か都会へ出て、日本の大使館にも行ったことがある。山地でもパソコンで世界のニュースが見られる。
日本が攻撃されそうだなどという差し迫った状況なら、東南アジアの国々だって、他人事ではない。もっとニュースで取り上げているはずだ。
向うで会った現地の政治家や経済人から、一度だってそんな話が出たことはない。
「妙な話だ……」
と、三田村は呟いた。
旅の疲れが、倍にもなって、のしかかって来るようだった。
〈パパ！　ママ！

ボクは元気だよ。毎日、みんなでハイキングしたり、ゲームしたりして遊んでる。すごく楽しいよ！　ゴハンもおいしいし。心配しないでね！　吾郎〉

メールを読んで、三田村はネクタイを外しながら苦笑した。

「心配するほどのこともなかったな。当人は結構楽しくやってるようじゃないか」

吾郎が疎開して行って一週間たっていた。直接電話することはできないが、吾郎からは毎日のように、今日は何をした、どこへ行った、というメールが届いた。

小川で遊んでいる写真が付いて来たこともある。吾郎は笑顔でVサインをして見せていた。

三田村も、長い出張の間、たまっていた仕事を片付けるのに追われて大変だった。新聞やテレビのニュースは、相変らず〈戦争の危機！〉を煽っていたが、みんなそれにも慣れて来たようだった……。

「――ね、あなた」

と、真由がソファで息をついている三田村へ、「学校に訊いてくれない？」

「何をだ？」
「いつ、あの子が帰って来るのか」
「真由……。学校じゃ、『安全と判断されるまで』と言ってるんだろ。そうはっきりとは……」
「でも、もう一週間よ」
三田村は、真由がいつになくふさぎ込んでいるのに気付いた。毎日、帰宅が遅くて、妻の様子を見ている余裕がなかったのだ。
「どうかしたのか」
と、三田村は明るい口調で、「吾郎よりよっぽどお前の方が寂しがってるな」
「心配なの」
「だが、吾郎からはちゃんと――」
「あなた。これ、見て」
真由は自分のケータイを夫の方へ向けて見せた。吾郎からのメールだ。疎開するより前の、ちょっとした連絡のメールだった。
「これがどうかしたのか？」
「メールの最後を見て。カタカナで〈ゴロー〉ってなってるでしょ」
「ああ」
「あの子はいつもそうなの。必ず〈ゴロー〉ってカタカナで書くのよ。でも疎開先からのメールは〈吾郎〉って漢字になってる。あの子が漢字で名前を書いてくることはないわ」
三田村は当惑した。
「しかし……それだから、どうだって言うんだ？」
「分らない。どう考えたらいいのか……。でも、心配なの。心配なのよ……」
真由はそう言うと、「お風呂のお湯、見てくるわね」
と立って行った……。

家の電話が鳴ったのは、午前五時にもならない時刻だった。
「何だ……」
三田村が眠い目を何とか開いたときには、真由が居間で電話に出ていた。
「三田村でございます。——はい、そうですが。あの、何か……」
それきり、真由の声は途切れた。
三田村はベッドを出て、居間へ行ってみた。——真由が受話器を持った手を膝にのせて、呆然としている。
「どうしたんだ?——どこからの電話だ?」
三田村の問いも耳に入らない様子だった。
「おい——」
と言いかけると、真由が夫を見上げた。
「あなた。あの子が……」
「吾郎が? どうしたんだ?」

「二階のベランダから落ちて……」
「何だって？　けがしたのか！」
「あの子……死んだそうよ」
放心したような表情で、真由は言った。

3

吾郎の顔は青白かった。
額の辺りには小さな傷があったが、それ以外はきれいな顔だった。
「まことに申し訳ないことで」
監督役の教師が頭を下げた。
真由はただしゃくり上げながら泣いているばかりだった。三田村は教師へ、
「どういう状況だったのか、教えていただけますか」

と訊いた。
意外に若い、色白で細身の教師は、
「全くの偶然でした」
と言った。「ベランダで、三田村君が同じクラスの友人とふざけ合っていたときです。昨日、この辺はかなりの雨が降りましてね。ベランダの床が濡れていた。三田村君はベランダの手すりにもたれかかって、そのとき足が滑ったんです。で、そのまま下へ……」
淡々とした口調だった。三田村は、
「そのとき一緒にいた子に話を聞きたいのですが」
と言った。
「いや、それは残念ですが……」
「どうしてです?」
「目の前で仲の良かった子が死んだ。それは小学生にとっては大きなショックです。

おそらく、心の傷として、長く残るでしょう。今は、そっとしておいてやって下さい」
準備されていたような、淀みない口調だった。
「そうですか。――では、せめて吾郎の落ちたベランダを見せて下さい」
「それも――残念ですが。この夜中です。子供たちはみんな眠っています。ベランダへご案内すると、目を覚ます子がきっと……」
穏やかだが、譲歩する気のないことが分る口調だった。
諦めるしかない。真由はただひたすら泣くばかりだし、吾郎を連れて帰らなくてはならない。
こちらの警察にも話はしてあるので、問題ありません、という教師の言葉で、吾郎を毛布で包んで車で連れ帰ることにした。
「教師たちでお手伝いしましょう」
「恐れ入ります」
三田村は、車をずっと運転することを考えて、「ちょっとトイレをお借りできますか」

「ええ、もちろん。この廊下の奥です。明りのスイッチが扉のそばにあるので、点けて下さい」

三田村はトイレに入った。

少し冷静になると、この寮の建物がずいぶん古いことが意外だった。吾郎のメールから、もっと新しい、ホテルのような建物を想像していたのだが。

おそらく建てて数十年はたっている、木造の建物だったのである。今どきの子たちがよくこんな所で我慢しているものだと思った。

用を足して手を洗っていると——。

「おじさん」

という声に、びっくりして振り返った。

トイレの仕切りの一つの戸が閉っていた。声はそこから聞こえているようだ。

「君は……」

と言いかけると、

「シッ！」

と、子供の声が言った。「小さい声で。おじさん、吾郎のお父さん？」

「うん。そうだ」

「僕……同じクラスで。黙って聞いて。僕、吾郎がベランダから落ちるのを見てたんだ」

三田村は声を出しかけて、何とかこらえた。

「吾郎はね、ここから逃げようとしたんだ」

と、その声は言った。「この地獄みたいな所から……」

車のライトに、夜の道が浮かび上がる。

三田村はハンドルを握って、じっと前方の闇を見据えていた。

真由は泣き疲れて、助手席で眠っている。後ろの座席には、毛布にくるまれた吾郎が横たわっていた。

もう、笑うことも、泣くこともできなくなった吾郎が……。

――あの子の話していたことは、本当だろうか？

子供たちは毎日毎日、軍隊のような厳しい生活をさせられ、逆らったり、口答えしたら即座に殴られた。教師ではない、兵隊のような制服を着た男が何人もいて、子供たちを怒鳴りつけ、一糸乱れぬ行動ができるまで許さなかった。

ケータイはすべて取り上げられ、教師が毎日のように、勝手にメールを書き、親元へ送っていた。どの子も、「毎日が楽しい」というメールとは逆に、夜になると、「家へ帰りたい」と泣いた。

しかし、泣いているのを聞きつけられると、また殴られる。――こうして、毎日、子供たちは「いい兵隊」になるように仕込まれ、叩き込まれた。

先生の言うことは絶対。もし、帰ってから親に「辛かった」などとひと言でも言ったら、即座に退学させる。そして、子供だけでなく、親たちにも恐ろしいことが起ると覚悟しろ……。

――三田村は、真由が吾郎からのメールのおかしな点に気付いていたことを思い出した。

あの建物に感じた異様な雰囲気。教師の機械的な説明。

三田村は、あのトイレで、こっそり話してくれた子の言っていたことが事実に違いないと直感的に思った。

吾郎はベランダから、シーツを裂いたものをロープ代りに地面へ下りて、逃げ出そうとした。しかし、夜間の見回りをしていた制服の男に見付かって、ベランダから突き落とされたという……。

このまま……。このまま黙っているものか。

車を走らせながら、三田村は唇をかんで、こみ上げる悲しみと怒りをかみしめていた。

4

吾郎の通夜の晩にも、雨が降り続いていた。

クラスメイトは誰一人やって来なかった。みんな「疎開」から戻っていないのだ。その代り、同じクラスの子の親たちがやって来た。

三田村は、妻の様子が気がかりで、何もできないままだった。——真由は、ほとんど放心状態で、やって来た同級生の親たちが声をかけても、小さく肯くだけで、目も合せなかったのだ。

三田村は、真由が死のうとするのではないかと不安で、ほとんど眠っていなかった。

読経がそろそろ終るというころだった。

列席していた親たちが入口の方を振り向いて、少しざわついた。

三田村は頬が紅潮するのが分った。——校長がやって来たのだ。

三田村も顔を知っている秘書の男性を連れて、ダブルのスーツを着た大柄な校長は、まるで「主役の登場」とでも言うかのように、堂々と入って来ると、当然のように一番前の席に腰をおろした。

すると——三田村は、真由が初めて目を上げて、じっと校長を見ているのに気付いた。

「では、ご焼香をお願いいたします」

と、声があって、三田村は立ち上った。

真由は立とうとしない。三田村が腕を軽く取ると、やっと立ち上った。

二人は、吾郎の遺影に向って合掌した。そして焼香しようと——。

しかし、突然真由はクルッと振り返った。そして、校長を真直ぐ見据えると、

「吾郎を返して下さい！」

と、力のこもった声で言ったのである。

会場は静まり返った。校長はちょっと面食らった様子で座っていた。

すぐ後ろの席にいた秘書が、あわてて立ち上ると、
「奥さん、冷静になって下さい！」
と、前へ進み出て来た。
「あなたに言ってるんじゃありません！」
と、真由は秘書をにらんで一喝すると、校長へ、「あの子は学校に殺されたんです！」
と、叫ぶように言った。
「何を言っとるんだ」
と、校長はムッとした様子で、「ただの事故ですぞ。そんな言いがかりを――」
「いいえ！」
と、真由は遮って、「あの子はあなたが殺したんです！」
三田村は愕然としていた。
あの寮のトイレで聞いたことを、まだ真由には話していない。あんなことを聞いた

ら、それこそ真由がどうなるか分らなかったからだ。
しかし――真由は真実を見抜いていた。
「皆さん！」
真由は居並ぶ父母たちに向って言った。「あなた方のお子さんたちを取り戻すんです！　手遅れにならない内に！　死んでしまわない内に！」
校長が顔を真赤にして立ち上ると、
「何を言うか！　頭がおかしくなったのか？　この女をつまみ出せ！」
と怒鳴った。
真由は焼香台の灰をつかむと、
「罪を償いなさい！」
と叫んで校長の顔に投げつけた。
「何をする！」
校長が平手で真由の顔を打った。三田村は進み出ようとした。

しかし――殴られても真由は身じろぎもしなかった。
「黙っていませんよ！　あなたに責任を取らせてやる！」
と、真由は面と向って校長に言った。
「こんな……こんな女の言うことなど信じる奴がいるもんか！」
校長は明らかにうろたえていた。三田村は妻の前に出ると、校長に、
「お引き取り下さい」
と言った。「あなたに焼香してもらっては、息子が浮かばれません」
校長は大股に出て行った。秘書があわてて追って行く。
真由は息を吐くと、
「失礼しました」
と、一礼して、「どうぞお焼香を」
と、静かに言った……。

有名校でもあり、その「疎開」先での生徒の事故死ということで、通夜の席には複数の新聞社やテレビ局が取材に来ていた。

そして、真由と校長の争いの一部始終がビデオに撮られていたのだ。

校長は翌日記者会見を開き、真由の言い分には全く根拠がなく、

「本校としては、他校に先がけて疎開を実行したことに自信と誇りを持っています！」

と、強調した。

そして、疎開は予定通り続けると断言したのだった。

新聞記事やテレビのニュースは校長の側に立ったものばかりだったが、ビデオがネット上に流れ、それはたちまち世界中に広がって行った。

そして何より、通夜の翌日から、子供を疎開させている親が「子供を帰してほしい」と次々に学校へ申し出たのである。

初めは「当初の方針は変えられない」と拒んでいた学校側も、父母から、

「祖母が急に亡くなったので」

とか、

「母親が急病で入院した」

と言われると、はねつけることができなかった。

二人、三人と子供たちが、迎えに来た親に連れられて帰宅し、親たちも我が子の普通でないやつれ方、やせ方にびっくりした。

親たちの間に、疎開の実態が広まるのに数日とかからなかった。

5

三田村は部長室に呼ばれて、

「失礼します」

と、中へ入ると、「息子の葬儀にお花をありがとうございました」

と、まず礼を言った。

「いや、まあ……大変だったね」
気の弱そうな部長は、五十代半ばだったが、すでに髪は真白になっている。
「私に何かご用でしたか」
と、三田村は言った。
「ああ……。君に転勤の辞令が出ている」
と、部長は一枚の紙を机の上に置いた。
「転勤ですか」
思いもかけないことだった。この会社は大きな支社など持っていない。
その書類を見て、三田村は愕然とした。
「部長。——大分工場といっても……。私がするような仕事はありませんが」
「しかし、辞令が出たんだ。それがいやなら辞表を出したまえ」
精一杯、強がってはいるが、言いながら三田村から目をそらしていた。
「これはどういう意味でしょうか」

と、三田村は訊いた。「ともかくどこか遠くへ行けということですか」
「私は知らんよ！――社長からの命令なんだ」
社長は今の政権の幹部と親しい。あの通夜の出来事のせいで、三田村を学校から遠ざけたいのだ、と思った。
「納得できません」
と、三田村は言った。「社長とじかにお目にかかりたいのですが」
「君、そんな……わけの分らないことを言うもんじゃないよ」
部長が焦っている。「それに、社長は明日までニューヨークだ」
「では、お帰りになったらお目にかかります」
と言って、三田村は部長室を出た。
「よく降るな」
と、帰宅した三田村は言った。

「ええ。——あなた」
と、真由は言った。「疎開から帰った子が半分以上になったそうよ」
「そうか。それは良かった」
三田村は、通夜の後で、あのときトイレで聞いたことを妻に話してあった。
「そんなことと分ってたら、学校をやめさせてでも、行かせなかったのに……」
と、真由は泣いた。
それでも、あの通夜の席で校長に正面切って挑みかかった真由は、悲しみの底からは立ち直っているようだった。悲しみを怒りに変える。——今の日本人はそうする力を失っているかのように、三田村には思えた。
たとえば、自然災害に怒ってみても仕方ない。しかし、それを防ぐ手立てをおろそかにしていたこと、その後の対応を怠けていることには怒るべきだ。
それを「諦めることが日本の美徳」のように言うのは、結局、同じ被害をくり返すことに加担することだ。

吾郎の死が、同じ目にあうかもしれなかった他の子たちを救ったとすれば、死はむだでなかった、と思えた。

——二人で夕食をとっていた三田村は、居間の隅にある、口をゆわえた大きなゴミ袋に目をとめた。

「何だい、あれは？」

と訊くと、真由はさりげなく、

「ファックス」

と答えた。

「ファックス？」

「一日中、ずっと送られて来てたの」

三田村ははしを置いて、立って行くと、その中身を覗いて驚いた。送られて来たファックス。——乱暴な手書きの文字で、

〈国への裏切りは許さない！〉

〈愛国心はないのか！〉
〈非国民は死ね！〉
といった言葉が並んでいる。
コピーしたような全く同じ文面のものが何十枚もある。
「真由。――電話は大丈夫だったのか」
と、三田村は訊いた。
「何回もかかって来たから、線を抜いたわ。ケータイは電源を切った」
と、真由は言った。「ファックス用紙が切れちゃったわ。紙のむだ使いね」
淡々と食事している真由。
しかし、三田村は、言葉の暴力が現実の犯行になるかもしれないと思った。――危険があるようなら、真由を親戚の所にでも行かせた方が……。
それこそ「疎開」だな、と思った。
食事の席に戻ろうとすると、チャイムが鳴った。下のロビーからでなく、部屋の玄関だ。
「誰かしら」
と、真由が立とうとするのを止めて、
「俺が出る」
と、玄関へ行った。「――どなた？」
返事は、このフロアで親しくしているビジネスマンだった。安心してドアを開けると、
「三田村さん。今帰って来たんですがね。下の郵便受にあなたのことを犯罪者扱いしてる中傷のチラシが入ってましたよ」
「下に？　ということは――」
「他の部屋にも全部入ってるでしょう。入れた奴らしいのが今、隣の棟へ大きな紙袋を提げて入って行きました」
「ありがとう。行ってみます」

三田村は、真由に鍵をかけておくように言って、急いでエレベーターへと向った。
――確かに、隣の棟のロビーで、その男はせっせとチラシを折りたたんでは並んだ郵便受に入れていた。
三田村は歩み寄ると、
「初めから折りたたんで持って来れば能率が上るのに」
と言った。「校長先生の秘書ともあろう人が」
ギョッとして振り向いた秘書は、
「これはその……校長先生とは関係なく、私個人の……」
と言いかけて、「あ、失礼」
ポケットでケータイが鳴ったのである。
「はい、校長。――今、マンションの郵便受に入れているところです」
関係ないと言っておいて、全く……。
三田村は怒るより苦笑してしまった。しかし、次の瞬間、秘書の手から重い紙袋がドサッと落ちて、中のチラシがロビーに飛び散った。
「それは……本当ですか」
血の気がひいている。「――はい、すぐに確認を……」
「何があったんです？」
あまりの秘書の様子の変りように、三田村も驚いて訊いた。
「いや……それが……」
と、秘書がよろけて、「私の息子も……」
「え？」
「息子も……疎開しているんです」
そう言って、秘書は駆け出して行ってしまった。
どうしたんだ？――不安を抱えて、家へ戻ると、
「あなた」
真由がケータイを手に立っていた。

「どうした？」
「ニュースで……地すべりがあって、山の半分が崩れて……」
「何だって？」
「ケータイの電源を入れたら、同じクラスのお母さんからかかってきたの。あの疎開していた寮の建物が、土砂に押し流されて……」
三田村は愕然とした。

夜が明けるころ、学校には次々に生徒の親たちが集まって来ていた。
子供が疎開先に残っていた親はもちろん、すでに帰宅している子の親も、何十人もが学校へやって来た。
職員室だけ明りが点き、現地からの連絡を教師や事務員が行っていた。
――前の日に、大雨で途中の道路が通れなくなりそうだという情報があって、何人かの親が子供を迎えに行っていた。その子たちは、危うく難を逃れたわけだ。

三田村も、職員室の片隅で、ずっと様子を見守っていた。テレビや新聞の取材が、時間がたつにつれて増え、現地のできる限り近くまで行くという父母のために、マイクロバスが用意された。

雨が止んで、皮肉なような星空になっていた。

泣き叫ぶ声はなく、奇妙な静寂が、職員室に広がっていた……。

6

ちょうど社長室から出て来たところへ、

「社長」

と、三田村は声をかけた。「お忙しいところ、申し訳ありません」

社長は足を止めると、あまり関心のなさそうな顔で三田村を見て、

「何だ」

と言った。
「この度の転勤の辞令について、お伺いしたいことがありまして」
社長は少しの間、ポカンとしていたが、
「君は誰だったかな？」
「三田村です。技術主任ですが」
「ああ。――君か」
「転勤のお話ですが……」
「転勤？　何かの間違いだろう」
「はあ？」
「誰かが間違えたんだろう。放っとけ」
そう言って、社長は行ってしまった。
自分の席に戻ると、三田村は辞令の紙を丸めて屑入れに捨てた。
外はほとんど夏のような強い日射しが降り注いでいた。

――結局、十五人の子供たちが犠牲になった。

もちろん大きなニュースとして海外でも報道された。特に「かつての軍国主義教育を子供たちに強制していた」という報道がなされて、日本の政府は必死でそれを否定した。

校長は辞任して行方が分らなくなっていた。三田村へのいやがらせや中傷もピタリと止んだ。

しかし……。

三田村は冷めたお茶を飲みながら、思った。

吾郎は戻って来ない。なぜあの子は死ななければならなかったのか。

新聞やテレビでも、「戦争になりそうだ」という報道は急に少なくなっていた。一度に潮が高くなり低くなるように、同じ方向へのニュースにすべてが染っていく有様は恐ろしかった。

そうだ。――これはすでに「戦争」の始まりなのだ。

武器を取って戦う「戦闘」のずっと前から「戦争」は始まっている。「自分たちだけが正しい」と信じ込み、違う立場の人間を非難する。

そうしながら、人間の中ではすでに戦争が始まっているのだ。戦争は国と国の間で起る前に、自分たちの心の中で起きている。

そして、一旦それが大きな流れとなると、洪水となって、誰にも止められない勢いで、人を押し流してしまう。

あの「疎開」先の建物を押し流した土砂崩れのように。

吾郎は……。そう、あの子は初めての戦死者だったのだ。

今、崩れようとするものを守り、洪水を防がなくては……。

「吾郎。——父さんも、やれることをやるよ」

そう呟くと、三田村はパソコンの電源を入れた。

「洪水の前」は、本書のための特別書き下ろし作品です。

解説　社会を見つめなおすミステリー

山前　譲

ミステリーの楽しみの中心にあるのは謎です。不思議に思えることをなんとかして解き明かしたい。ミステリーが好きな人はそうした思いがとりわけ強いことでしょう。人類が誕生した頃、謎はまず自然界にあったはずです。やがて、国家のような人間の共同体が形成され、そこでもさまざまな謎が生まれました。ミステリーで扱われているのはいわゆる犯罪の謎が多いのですが、私たちが身をゆだねている社会に潜んでいる謎はそればかりではありません。

赤川次郎さんの短編ベストセレクション、「赤川次郎　ミステリーの小箱」の一冊である『洪水の前』には、スペシャル・プレゼントとして書き下ろされた表題作など四作が収録されています。いずれも現実社会の流れに目を向けるきっかけとなるミステリーです。

最初の「愛しい友へ……」で謎を生み出すのは田舎町にある大企業の工場です。町はその工場のおかげで賑わってきたのですが、突然、閉鎖の計画が発表されました。工場の労働組合が本社に抗議したものの、その方針は変わりません。

完全閉鎖まであと二か月、新たな仕事先を求めて、従業員とその家族は次々と町を出て行きます。折原和子が英語教師をしている高校では、生徒がどんどん減っていきます。そんななか、父親が労働組合の委員長をしている三屋典子が授業中に倒れてしまいました。一方、その典子の親友で、すでに東京の私立の名門女子校に転校していた神田あゆみは、図書館で不思議な体験を……。

家族のために小さな頃から働くことが珍しくなかった日本社会も、多くの犠牲を払った戦争のあとに制定された日本国憲法によって、教育を受ける権利が基本的人権として確立されました。第二十六条第一項に「すべて国民は、法律の定めるところにより、その能力に応じて、ひとしく教育を受ける権利を有する。」と記されています。義務教育としての小学校から中学校だけでなく、さらに上級学校へと進学していくのが当たり前になっている今の日本です。しかし、そんな学校生活が盤石のものではないことは、この作品で明らかでしょう。なぜ私はこんなに恵まれた学園生活を送ることができるのだろうか。あゆみの抱いた疑問が真相に収束していきます。人と人との絆を、愛の力の素晴らしさを語りかけるラストが心に残ります。

次の「終夜運転」の発端はファンタジックです。元内閣総理大臣の大倉がパーティからの帰り、路面電車に乗りました。古ぼけた車体を運転しているのは十六歳の少女です。薄汚れたブラウスにもんぺ、その服装はちょっと（かなり？）奇妙です。そして、彼女は「もう何年もアメリカと戦争しているのです」とおかしなことを大倉に言うではありませんか。後日、九十三歳になる母親に会った大倉は、思い出すのでした。彼女が女学生の頃、広島で、市電を運転していたことを――。

この作品は実際の出来事がモチーフとなっています。戦争で多くの男性が戦場にかり出されていた一九四三年四月、広島電鉄家政女学校が開校しています。電車や路線バスの運行に関する授業があり、実践教育として運転士や車掌として乗務もしました。そして迎えた一九四五年八月六日、広島に投下された原子爆弾によって教師や生徒にも犠牲者が出たなか、九日の広島電鉄の運行再開を担ったのがこの女学校の生徒たちでした。その貴重な歴史の証言は堀川恵子／小笠原信之『チンチン電車と女学生 1945年8月6日・ヒロシマ』（講談社文庫）に記されています。

大倉はアメリカ大統領と一緒に写った写真を、自慢げに電車を運転していた少女に見せました。すると彼女はふしぎそうな表情で大倉を眺めるのでした。そして新たな客が乗り込もうとしたとき、早口で言うのです。「特高です！」と。かつて、反政府的政治運動を取り締まるために高等警察という部門がありましたが、そこからさらに社会運動、言論、思想取り締まりのために分離したのが特別高等警察、特高です。太平洋戦争中は反戦・反軍的活動に厳しい目を向け、時の政権の反対者への監視活動も行うのでした。たしかにその戦争の頃には、アメリカは敵国でした。でも今は……。

現在と過去がクロスしてのミステリアスな体験が、元総理の心に何をもたらしたのか。再び乗った古ぼけた電車の中で大倉は自省するのでした。日本社会を大きく変えたあの戦争が終わって七十年以上経ちましたが、その歴史はけっして風化させてはなりません。

つづく「日の丸あげて」の物語は結果的にひとつの殺人事件に収束しています。その謎解きはシンプルですが、事件にいたるまでの経緯は単純ではありません。団地で独り暮らしをしている父の世話を焼く久野和子、停年で警察官を辞めてからますます頑固になったその父・尾田徹治、尾田と同じ団地に住む技術者の江口、尾田にあることを頼まれた刑事、江口の妻のことを嫌う主婦、団地の住民にひろまったある噂……。

尾田の頑固な性格を象徴しているのが日の丸です。「もっと日本人は国旗や国歌を大事にしなきゃいかん」と言い、国民の祝日に、団地の一棟全部が日の丸の旗をあげることを彼は目指すのでした。ですから、祝日のことをかつては旗日と言っていましたが、そんな父の姿に強く反発するのが和子です。父と娘の生き方の対比によって、人それぞれの生き方が、そして社会のあるべき姿が問われていきます。

最後の「洪水の前」は雨の空港から始まります。夜七時過ぎ、三か月の海外出張から帰国した三田村は、自宅マンションにタクシーで戻る途中、奇妙な大型バスとすれ違います。乗客は子供たちだけで、その中に小学六年生の息子、吾郎がいたような気がしました。帰宅するとやはり吾郎はいません。そして妻は言うのです。疎開したと――。えっ？

三か月の留守の間に、「いつ戦争になるか分らない」と日本は大騒ぎになっていたのです。そこで吾郎が通う学校の校長先生は、六年生を山間部に疎開させたのでした。吾郎からは元気にしているというメールが届きますが……。

疎開にはいくつかの意味がありますが、よく知られているのは戦争からの避難です。第二次世界大戦中、空襲での被害が大きい都市部から地方へ、学童を集団疎開させることが世界各国で行われました。日本では一九四四年八月から学童疎開が始まっています。また、連合軍との決戦の場になると想定された沖縄からも学童が、九州へと疎開しました。当時、地方であっても食糧事情が悪く、食べ盛りの子供たちはひもじい思いをしたそうです。

もうすっかり歴史の一ページとなってしまった疎開が、なぜ今頃？　その事情が、そして疎開先での悲しい死の真相が、「洪水の前」というタイトルの意味するところを語っていきます。

密室やアリバイの謎のように、現実の人間社会にちりばめられた謎はシンプルではありません。ですが、不思議に思う気持ちを忘れず、解決をあきらめることなく、そして真相を見極めることの大切さが語られている本書です。「赤川次郎　ミステリーの小箱」にはその他、謎解きが興味をそそる『真夜中の電話』、恐怖と愛の物語をまとめた『十代最後の日』、ハートウォーミングな展開が印象的な『命のダイヤル』、学園という身近な世界を舞台にした『保健室の午後』と、多彩な赤川作品がラインナップされています。どの一冊から手にとっても楽しめることでしょう。

〈初出〉

「愛しい友へ……」　『告別』　角川ホラー文庫　一九九七年四月刊
「終夜運転」　『教室の正義　闇からの声』　角川文庫　二〇〇七年一月刊行
「日の丸あげて」　『日の丸あげて　当節怪談事情』　小学館文庫　二〇〇三年九月刊
「洪水の前」　書き下ろし

赤川 次郎（あかがわ・じろう）

1948年福岡県生まれ。日本機械学会に勤めていた1976年、「幽霊列車」で第15回オール讀物推理小説新人賞を受賞して作家デビュー。1978年、『三毛猫ホームズの推理』がベストセラーとなって作家専業に。『セーラー服と機関銃』は映画化もされて大ヒットした。多彩なシリーズキャラクターが活躍するミステリーのほか、ホラーや青春小説、恋愛小説など、幅広いジャンルの作品を執筆している。2006年、第9回日本ミステリー文学大賞を受賞。2016年、日本社会に警鐘を鳴らす『東京零年』で第50回吉川英治文学賞を受賞。2017年にはオリジナル著書が600冊に達した。

編集協力／山前 譲

推理小説研究家。1956年北海道生まれ。北海道大学卒。会社勤めののち著述活動を開始。文庫解説やアンソロジーの編集多数。2003年、『幻影の蔵』で第56回日本推理作家協会賞評論その他の部門を受賞。

赤川次郎　ミステリーの小箱

自由の物語　洪水の前

2018年2月　初版第1刷発行
2019年6月　初版第3刷発行

著　者　赤川次郎

発行者　小安宏幸
発行所　株式会社 汐文社
東京都千代田区富士見1-6-1
富士見ビル1F　〒102-0071
電話：03-6862-5200　FAX：03-6862-5202
印刷　新星社西川印刷株式会社
製本　東京美術紙工協業組合

ISBN978-4-8113-2457-9　乱丁・落丁本はお取り替えいたします。